Memórias Fictícias

Carina Corá

Memórias Fictícias

Existem segredos que não deveriam ser guardados

COLEÇÃO NOVOS TALENTOS DA LITERATURA BRASILEIRA

novo século®

São Paulo · 2013

Coordenação Editorial **Filipe Nassar Larêdo**
Diagramação **Libro Design e Comunicação**
Capa **Monalisa Morato**
Preparação de Texto **Matheus Perez**
Revisão **Sérgio Nascimento**

Texto de acordo com as normas do Novo Acordo Ortográfico da Língua Portuguesa (Decreto Legislativo nº 54, de 1995)

Dados Internacionais de Catalogação na Publicação (CIP)
(Câmara Brasileira do Livro, SP, Brasil)

Corá, Carina
Memórias fictícias / Carina Corá. --
Barueri, SP : Novo Século Editora, 2013.

1. Corá, Carina 2. Memórias autobiográficas
3. Romance brasileiro I. Título.

13-00587 CDD-869.93

Índices para catálogo sistemático:

1. Ficção : Literatura brasileira 869.93

2013
IMPRESSO NO BRASIL
PRINTED IN BRAZIL
DIREITOS CEDIDOS PARA ESTA EDIÇÃO À
NOVO SÉCULO EDITORA LTDA.
CEA – Centro Empresarial Araguaia II
Alameda Araguaia, 2.190 – 11º Andar
Bloco A – Conjunto 1111
CEP 06455-000 – Alphaville – SP
Tel. (11) 3699-7107 – Fax (11) 2321-5099
www.novoseculo.com.br
atendimento@novoseculo.com.br

Aos imaginados e imagináveis.

Sumário

Primeiro Diário

Érus

Por Coralina de Lilá

Primeira Carta

Eu resolvi acatar os seus conselhos e parar de perturbar-me com a minha própria história. Minha mente tem sede de respostas ao universo de dúvidas que se abre diante de mim. É como se a certeza fosse uma vitória a qual eu nunca poderia alcançar.

Escrevo esses relatos da forma mais fiel possível, vasculho os cantos remotos da lembrança. Tento recordar datas, fatos, algo a provar a verdade que não consigo encontrar. Porém, para meu desespero, relembro perfumes, toques, sensações diversas e abstratas. Nada é concreto, nem mesmo eu...

Eu preciso do real, preciso voltar à superfície de mim mesma. Quanto mais fundo eu mergulho, mais perco a noção de onde é o chão e de onde é o céu. Estou sem rumo, não sei a direção do que procuro, e nem ao menos sei mais quem estou a buscar.

Foi então que decidi escrever, anotar cada ação, passo, palavra dessa história, da minha história. Esse foi o modo que encontrei para analisar minha vida e confirmar sua existência.

Seja bem-vindo, meu caro livro, às minhas memórias fictícias.

29 de fevereiro

Coralina de Lilá

I

O carro andava vagarosamente pela estrada de chão batido. Consegui compreender que estávamos chegando pelo ruído típico dos pneus roçando o cascalho molhado – um som tão familiar que poderia tornar aconchegante até a mais desconfortável situação. E digamos que esse não era um momento muito agradável.

Minha mãe jurava estar vendo-me adormecida no banco de trás, mas eu estava totalmente alerta aos seus movimentos, aos seus pensamentos. Via como ela estava ansiosa, aflita. Os primeiros passos de uma criança em direção à adolescência são dados quando percebe que os seus pais são mais indefesos e carentes do que ela. É quando tudo começa a perder seu encanto...

Confesso que tentei continuar a magia da forma mais errônea possível. E é sobre isso que essa história trata, o meu desespero em não morar nesse mundo tão sem cor, tão vazio. Era como se, desde que eu começara a viver, estivesse morrendo aos poucos. Inventei um mundo meu, onde ninguém poderia alcançar-me e arrancar-me para a morte, morte de estar em um universo de realidades cruas.

Eu observava a chuva batendo nas janelas do carro. Era tão maravilhoso ver os pingos caindo e escorrendo lentamente, como se estivessem cansados e sonolentos. Ao encontrar os pingos pequenos pelo caminho, os maiores os englobavam e ganhavam velocidade, como se estivessem caçando e se alimentando o suficiente para obter agilidade e desaparecer. Estranho, as gotinhas pareciam tão vivas, até mais do que eu. E nós, seres racionais nos consideramos para dizer que as pobres gotas não pensam, não falam, não sentem. Talvez alguém esteja a me observar lá fora, a achar estranho cogitar que eu realmente exista. É muito fácil para o homem ter certeza de tudo, eu também a tinha antes do que aconteceu... Acredite, quando somente sua teoria e pensamentos são os corretos, se o seu mundo rachar, você cai de um precipício ao invés de levar um simples tombo.

Chega de dar pistas, nem mesmo eu sei o que está por trás desse enigma que formo. Espero que você possa perdoar-me pela minha ignorância e minhas fases de plena estupidez. Eu não sou assim, somente estive assim. Tenho de ser sincera com você, contarei-lhe os meus detalhes mais vergonhosos, é a única maneira de curar-me.

II

Minha mãe estacionou o carro, virou-se para trás e falou em um sussurro:

– Coralina, sei que está acordada. Pare de me analisar, por favor! Temos que tentar, eu acredito que isso seja o melhor para nós.

– Mãe, eu sei. Está tudo bem comigo, vai ser ótimo morarmos aqui. Pior do que antes não será!

Fui estúpida com minha mãe, estava completamente em desordem de ideias; não podia dissimular minhas ações e tom de voz para parecer delicada e grata. Acabei machucando-a, ela que tentava tanto me dar uma vida ideal.

– Tem mais uma coisa que não lhe contei porque tinha medo que você desistisse dessa oportunidade de vida.

– O quê, mãe? E que grande oportunidade de vida é essa? Só porque viemos para um lugar menos bárbaro não quer dizer que viemos para a civilização!

– Essa senhora que viemos cuidar, ela é... uma pessoa bastante devota e religiosa, digamos assim.

– Mãe, vamos morar com uma freira? – ironizei.

– Digamos que sim.

– Pelo amor de Deus, uma freira na família; como? Será que eu posso ser portadora desse gene defeituoso?

– Cale a boca, Coralina! Mais respeito, quem lhe ensinou a julgar assim as pessoas? Nós vamos morar aqui sobre todas as regras da dona da casa, você entendeu? Nem que você tenha que rezar o terço todas as manhãs! Saia do carro, pegue sua mala e vamos para o nosso lar!

– Lar?

Ela esmurrou a porta do carro, e foi-se em direção à casa. Foi a primeira vez que vi aquela imagem, a primeira vez das tantas próximas que me choquei com a profundidade do que eu enxergava. Aquele cenário dizia tudo, não precisava de palavras para se entender o que se passara ali e ainda se passaria. A casa, o bosque e até mesmo os portões de cor branca tinham alma e podiam ler a nossa.

O caminho estreito de cascalho levava a uma cerca branca mal pintada. Havia um jardim colorido que circundava a região. Ao levantar os meus olhos para apreciar a casa amarela, me senti levada por uma corrente de energias indeterminadas, nunca um sentimento fora tão desconhecido e tão difícil de desvendar.

A casa tinha dois andares e uma varanda que nunca fora utilizada. Era simples e, ao mesmo tempo, parecia ter sido construída para o cenário de um conto de fadas. O que me chocou profundamente foram as janelas formadas por quatro quadrantes emoldurados por madeira escura e que não deixavam transparecer o interior da casa, pois estavam cobertas por grossas cortinas cor de tijolo. Aqueles olhos nas paredes afrontavam-me, alertavam-me sobre algo que estava por vir. Naquela época, mesmo que eu tivesse compreendido o recado, não teria lhe dado atenção. Era tola demais para acreditar nos conselhos de uma velha casa.

Olhei o bosque úmido nos arredores do terreno. Estava procurando algo ainda mais inesperado, como se realmente estivesse em uma história. Acabei encontrando. No telhado havia uma torre... Suas paredes não eram pintadas e não havia janelas. Era um quarto deslocado, completamente diferente do resto da casa.

Quando saí do devaneio, abri o porta-malas, retirei minha bagagem e andei até a soleira. Foi quando ela abriu a porta.

III

Irmã Bianca Giacomina era uma criatura miúda, velha como seu lar e pálida na luz escassa do aposento. Nos seus cabelos brancos percebiam-se traços do ruivo que um dia embebera os fios de seda. Seu rosto era composto de um papel delicado, como se pudesse ser rasgado a qualquer momento. Suas mãos eram trêmulas e pequenas. Giacomina tinha um rosto puro, perfeito, nariz fino, lábios grossos. Fora uma boneca em sua juventude e nem mesmo o tempo apagara esses traços. Era leve por completo, no olhar, no falar, no andar. Mas eram os seus olhos que iluminavam seu ser. Quando se mirava o seu olhar, esquecia-se de observar o resto da face. Esquecia-se de que era uma velha quem possuía aqueles olhos. Eles eram uma piscina de um azul denso e líquido, tão sinceros e perturbadores.

O que me fez afundar em meus preconceitos foi testemunhar a presença dessa freira cujo olhar estava cheio de cinismo e malícia. Senti em seus olhos de cristal que queria testar-me. E, no momento seguinte, o relance de provocação deu lugar a um brilho de compreensão inexplicável. A expressão facial ficara impassível, o meio sorriso sempre estampado no rosto envelhecido. Porém, seus olhos revelavam sua personalidade ambígua, eles não escondiam o que estava por detrás de sua castidade.

Sua boca se abriu, e ela me falou baixo, sem que minha mãe pudesse ouvir:

– Que pensa da minha torre?

– Ela não combina com a casa, irmã.

"Assim como seus atos não combinam com sua alma", pensei ao entrar em meu novo lar.

IV

Nosso primeiro jantar naquela mesa de madeira enorme não contou com a presença de Giacomina. Por um momento fiquei decepcionada, queria poder estudá-la a noite inteira, queria entender o que se passava pela sua mente. Por outro lado, fiquei grata por ter um momento sem sua perturbadora presença, pois sabia que ela também estava observando todos os meus movimentos.

Enquanto minha mãe cozinhava, fiquei sentada à mesa, observando-a. Tarsila era uma mulher bonita, tinha trinta e nove anos, mas parecia tão cansada... Ela era de estatura mediana, seus cabelos eram castanho-avermelhados, sempre presos em um coque. Seus olhos eram verde água e, quando eu olhava no fundo deles, sentia-me protegida. Quanta culpa exalava de minha mãe, eu chegava a tocar seu remorso. Remorso por não realizar seus sonhos, por não construir a vida maravilhosa para sua filha, por não conseguir me proteger de todos os males. Eu queria poder abraçar mamãe e dizer-lhe que a compreendia, que ela deveria esquecer toda essa angústia, que eu amava a nossa vida justamente por tê-la como mãe. Sei que deve ser difícil para você entender, mas eu não fiz nada disso. Algo me impedia de levantar-me, de abrir minha boca até mesmo para um sorriso. Sentia-me presa ao meu corpo, minha alma não tinha efeito algum sobre os controles de frieza do meu cérebro. Há momentos na vida que parecemos pessoas rudes, indiferentes ao carinho do próximo, como se fôssemos amargas e não nos lembrássemos como se ama e se consola alguém. Na verdade, estamos mais sensíveis do que os outros, mas algo nos impede de demonstrar isso e até mesmo nossos olhos tornam-se janelas turvas.

Mais uma vez, minha mãe não ouvira que eu a amava, não enxergara nenhum brilho de agradecimento em meus olhos. A minha última esperança era que sua intuição pudesse explicar-lhe o que acontecia comigo.

V

A casa rangia. O barulho da chuva no telhado não me permitia voltar a dormir. A escuridão do quarto fazia-me ficar em estado de alerta. Eu tivera um sonho conflituoso e ao mesmo tempo mágico, somente me lembro da figura eminente de uma torre, uma torre de paredes nuas, sem janelas. Alguém me chamava de lá, alguém pedia socorro. De repente, apareceram dois grandes olhos. Olhos como eu jamais vira antes. Não vou contar-lhe o que vi neste sonho, pois não é o momento certo para tal revelação.

A porta foi escancarada. A luz do corredor iluminou o vulto que se precipitava para o meu quarto. Ela entrou calmamente, encolhida no seu xale preto. Ao ver seus olhos azuis fulminantes de rancor, não pude conter o calafrio que percorreu meu corpo. Irmã Giacomina falou com sua voz de veludo, fatal.

– Que pensa que está fazendo, Coralina? Por que não dorme? Não gostou da casa?

Juntei todas as minhas forças para responder de uma maneira educada e surpresa, como se eu tivesse acabado de acordar.

– Irmã, perdoe-me. Ouvi seus passos, meu sono é leve e acordei. É a minha primeira noite aqui, creio que amanhã dormirei como um anjo, a casa é maravilhosa e a cama é muito aconchegante.

– Com certeza, amanhã você *deve dormir* como um anjinho, Coralina! Chega de ficar acordada, entendeu?

– Sim, irmã. Mas, já disse, acordei por ouvir seus...

– Não minta! Sonhou com a torre e logo já estava subindo as escadas para descobrir o que há lá dentro, não é? Eu sei o poder que a curiosidade tem sobre as nossas ideias. A torre é minha! Nunca se atreva.

– Não, irmã, não se preocupe. Eu não tinha a mínima intenção de ir até lá.

Nesse instante, o rancor transformou-se em compaixão, sua voz tornou-se doce comigo, a melancolia tomou conta de sua expressão facial, o meio sorriso desfez-se.

– Menina, alguns de nossos pensamentos nos são ocultos. Há tantas ideias que temos e que jamais enxergaremos. A mente pode controlar os sentidos. Não deixe sua alma ser enganada, não deixe seu corpo sofrer as consequências de escolhas que *você* tomou e que, todavia, não sabia que eram suas.

Ela colocou todo o poder de seus olhos sobre os meus. Aquela lagoa de mistérios na qual eu queria mergulhar. Nesse instante, ela virou-se, saiu do quarto, apagou as luzes da casa e desapareceu silenciosa como um fantasma.

Como Giacomina poderia conhecer-me tão bem, como podia saber até mesmo a velocidade com que meu coração batia?

VI

Quando acordei na manhã seguinte, deparei-me com minha mãe a organizar papéis e caixas, a limpar a casa. Era esse o brilhante trabalho que ela havia arrumado? Limpar e cuidar da casa de uma freira. Eu não conseguia compreender por que ela havia aceitado tal submissão, seu emprego anterior era muito melhor do que esse.

– Mãe, é *isso* que você chama de nossa grande oportunidade de vida? Eu não consigo entender você, Tarsila, deixou um bom emprego para cuidar dessa Giacomina. Olha, você é uma mulher tão inteligente, determinada. Como?

Ela estava agachada, limpando o chão. Por um instante, acreditei que ela não levantaria o rosto, parecia tão humilhada. Então, seu corpo todo se ergueu, ela aproximou seu rosto do meu. Eu tentei desviar o meu olhar dos seus olhos, mas eles prenderam-me rapidamente.

– Minha querida, há problemas que você não entende ainda. Há segredos que os mais velhos preservam para que você tenha uma vida mais leve.

– Eu não quero uma vida mais leve, mãe. Eu sei como o mundo é cruel, sei como há pessoas podres nessa vida. Mãe, eu cresci!

– Por favor, não estou pronta para ouvir isso e desistir de tentar. Não me diga isso, por favor!

Seus olhos continuavam fixos nos meus, suas mãos seguravam firme meu rosto. Eu percebi que ela tremia. Seu rosto logo ficou molhado.

– Mãe, eu não aguento mais ouvir que você *tenta, tenta, tenta* o tempo inteiro. O que não se realizou, esquece-se! Não tem jeito... A vida é assim. Você não pode querer me proteger. Dessa forma, você só me mostra como é frustrante viver tendo que esconder tudo e ainda não obter sucesso nesse plano doente.

– Coral! Eu não sabia que você já estava tão machucada pela vida, meu amor. Agora eu posso parar de tentar, vi que não só meus sonhos foram por água abaixo, como sua paixão foi destruída. Que foi que eu fiz?

– Nada mãe. Você só está vivendo...

– Você quer dizer que eu não tento amar viver?

– Sabe qual é o seu problema mãe, você tenta demais! Mas não muda o assunto, perguntei o porquê de você ter se submetido a essa "nova vida". Agora que já provei a você o quanto eu sei de toda essa droga, você não pode me contar o que está acontecendo?

– Então você crê que por ser pessimista já se tornou adulta? Muito bem, agora provou que é uma menina tola ainda. Não é por ser fria, Coralina, que você prova que é grande.

– Desculpe-me, mãe. Só quero entender o porquê dessa confusão, de nos mudarmos tão rápido, como se estivéssemos fugindo de algo.

– Está bem, Coral! Lembre-se de que você me perguntava sobre minha família quando era pequena? A verdade é que meu pai faleceu quando eu tinha quatro anos. Minha mãe se casou novamente e foi morar em outro lugar, nunca soube ao certo onde, ela preferiu que não fôssemos com ela. Meu irmão ficou a cuidar de mim. Quando casei com seu pai, ele fugiu com outra mulher. Assim, a família desapareceu. Após a morte de seu pai, Coral, eu recebi uma carta com os pêsames de uma senhora. Ela convidou-nos a morar com ela, pagaria todas as nossas despesas, sua educação em troca de ajudá-la em sua casa. Obviamente não aceitaria tal proposta, mas havia um fator que me induziu a aceitar, algo que eu nunca tive e que queria poder lhe dar.

Tarsila pegou em minha mão, beijou minha face e sorriu de uma maneira delicada. Ela foi andando em direção à escada.

– Suba comigo, Coral.

Subimos a escada em silêncio, de mãos dadas. Fomos andando devagar pelo corredor, sentia a respiração comovida e sincera de minha mãe. Entramos em um escritório transbordando de livros e papéis. Aquela casa parecia ter milhares de anos de histórias para contar... Minha mãe andou até uma mesa de madeira sobre a qual havia um pano bordado e um porta-retratos. A mesa estava intacta, parecia uma ilha em meio a um mar de objetos desarrumados.

Tarsila pegou o porta-retratos e mostrou-me, quase soluçando. Havia uma família na foto. Um homem gordo, com longos bigodes estava ao lado de uma mulher muito bonita, parecia-se com minha mãe. Ambos estavam sentados, rodeados por três meninas e dois meninos em pé. Eram todos muito bem vestidos, ricos. As meninas tinham os traços do pai, mas os dois meninos tinham feições parecidas com as de minha mãe.

Ao fundo, atrás das duas cadeiras, havia uma mulher. Estava vestida de preto, repleta de joias, e cabelos presos em um coque. A foto era desbotada, mas podia-se perceber que seus olhos eram claros e os cabelos, ruivos. Era ela, irmã, quero dizer, senhora

Bianca Giacomina. Digo senhora porque ela não se parecia com uma freira. Estava elegante, feliz, sonhadora. Não sei explicar, mas um sentimento de identificação tomou conta de mim. Era como se fôssemos a mesma pessoa. Sacudi a cabeça tentando afastar essa ideia...

– Coral, veja o que poderia ter sido minha família se mamãe tivesse-me trazido junto para essa casa!

Percebi a dor de minha mãe, percebi o quão importante essa casa era para ela. Poder remexer todos os documentos e fotos, lembranças de uma vida que poderia ter sido sua.

– Giacomina era irmã do esposo de minha... mãe. Ela pediu-me socorro, está doente, não quer mais viver sozinha. Ela diz ter medo, não sei do quê. Disse que sentia saudade de ter uma família e que éramos os parentes mais próximos em quem ela podia confiar. Minha mãe, parece, contou-lhe sobre mim uma vez. Ao menos ela não se esquecera completamente de minha existência, não é mesmo?

Ela sorriu um sorriso triste, alagado pelas lágrimas.

– Enfim, vim ajudar Giacomina como se ela fosse uma tia. Queria que pudéssemos ter uma família, viver na mesma casa onde, um dia, sua avó viveu. Desculpe-me, eu sou bastante complicada. Acreditei que fosse bom descobrir um pouco mais sobre a minha história.

– Eu entendo você, mãe. E o que aconteceu com o resto da família?

– Ela não quis contar-me. Também preferi não insistir. Quero descobrir por mim mesma. Há coisas que nem mesma eu sei, Coral. Então não fique brava se há segredos para você, porque há mais ainda para mim. Inclusive, o maior deles é você!

– Mãe!

Nós rimos bastante, aquele riso bom de quem faz as pazes e fala as coisas não ditas. Abracei minha mãe, não com a intensidade e o sentimento que queria, mas sei que ela compreendeu.

– Mas Giacomina manteve esse retrato intocado aqui, em meio a essa bagunça?

– Não!

Ela desatou a gargalhar.

– Coral, fui eu quem fez esse cantinho especial. Estava com preguiça de arrumar o resto, mas não queria perder o porta-retratos. Achei que minha mãe não merecia ficar jogada no chão.

– Na verdade, ela merecia.

– Eu não sei os motivos dela, prefiro ficar quieta quanto a isso.

– Mãe, nós não podemos calar nossa revolta a tudo. Ela abandonou você!

– Coral, você não sabe como as suas palavras cortam. Eu sei tudo isso, mas prefiro aquietar o meu coração, pensar, antes de odiar alguém com quem eu jamais poderei conversar para resolver os problemas.

Minha mãe sentou-se sobre uma pilha de livros. Ela parecia tão frágil.

VII

Desci as escadas da varanda, meus tênis tocaram o chão de terra batida. O dia estava claro, porém não se podia ver o Sol entre as nuvens. Não me lembro há quantas semanas ou meses eu já vivia ali, apenas de que foi um dos primeiros fatos que realmente marcaram-me. Eu andava devagar, apreciando a casa, como sempre fazia. Só que, desta vez, quis explorar os arredores.

Senti o cheiro único de um bosque após a chuva. A tranquilidade que exalava daquela floresta trouxe-me uma felicidade que eu não sentia havia tanto tempo, eu não conseguia recordar o que era sorrir livre e espontaneamente até aquele momento. O som dos galhos sendo quebrados quando eu passava, ou os pequenos seres espiando-me por entre suas tocas fizeram com que eu me sentisse no meu mundo, na minha casa. As árvores altas filtravam a claridade com sua peneira esverdeada.

Aproximei-me de uma árvore cujo tronco fora transformado em ninho. Nessa pequena residência, havia três filhotes de passarinho tão pequeninos, piavam desesperados. Não toquei neles, escondi-me e fiquei sentada no chão, esperando para conhecer a mamãe pássaro. Ela veio esbelta, também diminuta em tamanho. Era tão bonito ver aquela família de passarinhos coloridos. Talvez a vida não fosse de todo ruim, talvez nós pudéssemos nos deixar levar pela beleza das emoções. Parei de ser tão rígida e simplesmente comecei a chorar. Chorei todas as lágrimas contidas no meu peito, as lágrimas de alegria, de medo, de tristeza profunda.

Fiquei sentada, sentindo minha respiração misturar-se com a das plantas. Como um lugar que consideramos tão comum como uma floresta, um pequeno bosque, pode ser tão mágico? É como se lá existisse um espírito que entendesse todos os nossos desejos e anseios de paz. Eu virei a cabeça instantaneamente ao ouvir o som, ver o vulto correndo e jogando-se em minha direção.

Ele latia feliz, abanava o rabo tão alegre. Ficou deitado em meu colo, recebendo carinho em suas orelhas macias. Seu pelo era escuro, seu focinho brilhante, seus olhos apaixonados. Éramos feitos um para o outro. Acho que ele estava esperando por mim, esperando para ser amado e amar. Sussurrei-lhe ao ouvido.

– Você logo vai morar comigo, Netuno.

VIII

– E ele já tem nome, senhorita?

– Netuno.

– Coralina, isso é um absurdo! Onde você encontrou esse bicho?

– Encontrei-o no bosque, mãe. Você não vê, ele é perfeito para mim. Ele me entende, não consegue ver como ele interpreta os meus pensamentos? Ele está escutando tudo o que você fala, então, cuide com as palavras que usa.

– Minha filha, esse cachorro estava perdido, mas pode ter dono. Além do mais, ele está imundo.

– Justamente, se tivesse um bom dono não estaria nessas condições, e nem teria essas cicatrizes.

Eu acariciei os cortes profundos em suas costas. Ele olhou-me no fundo dos olhos, dizendo para não me preocupar. Netuno foi até minha mãe, abanando o rabo e olhando como se implorasse por um lar.

– Está bem, falaremos com Giacomina. Será bom termos um amigo. Mas, temos que decidir uma coisa muito mais importante primeiro.

Fiquei em silêncio, Netuno sentou-se para prestar atenção.

– Netuno é um nome muito estranho. Por que não Tobby?

Netuno latiu em desacordo.

– Ele acabou de responder que não.

Nós rimos e passamos o resto da noite a brincar com o novo membro da família.

IX

Eu passava as noites inteiras contando histórias para meu companheiro de pelo negro, que me ouvia até cair em sono profundo. Quando eu estava mal, mil pensamentos e sentimentos atropelando meu coração, mas sendo barrados pela minha cabeça, Netuno olhava-me e, finalmente, as lágrimas ou os sorrisos vinham à tona. Contava-lhe todos os meus segredos. Com ele, eu estava descobrindo a verdadeira Coralina. Ele era como um pai, um amigo inseparável.

Entretanto, não é sobre isto que trata este capítulo. Eu não podia parar de pensar na torre. Algumas vezes, parava no meio de uma ação, pois ao piscar, eu enxergava aqueles olhos. Irmã Bianca Giacomina vigiava-me constantemente, fazia-me perguntas cortantes, estava possessa, mas parecia contente consigo mesma quando me via perdida em pensamentos. Eu não conseguia sentir raiva dela, na verdade, não sei até hoje o que sinto por ela.

Uma noite, ao ouvir Netuno rosnar em meu quarto, subi as escadas correndo. Vi apenas um vulto vestido de branco mancando rapidamente no fim do corredor. Ela havia entrado em meu quarto. Já não bastava observar-me, ela tinha que bisbilhotar em minhas coisas, mas, se ela queria saber se eu havia adquirido algum objeto daquela maldita torre, ela não conseguiria, afinal eu nunca fora ao lugar proibido. Não suportava mais esse comportamento.

Meu quarto estava intacto. Nada estava faltando, ou no lugar errado. Um objeto fora adicionado ao cenário. Em cima de minha cama, descansava um caderno grosso, sua capa e contracapa eram cinzas, manchadas pelo tempo. Todas as páginas estavam em branco, amareladas e frágeis. Encontrei um bilhete em uma delas.

Quando estamos mal, o melhor é escrever o que sentimos e pensamos. Muitas vezes, o melhor é deixar nossa mão nos guiar e, com surpresa, ler o que escrevemos e nem sabíamos que iríamos escrever. Minha dica, Coralina, conte ao livro a sua história, antes que você esqueça o que é a realidade e o que é sua criação.

Eu não compreendia por que essa mesma mulher que enchia de malícia seu rosto raivoso dava-me conselhos. Porém, essa fora uma boa ideia, então comecei a rabiscar algumas frases, palavras que me vinham à cabeça, nas páginas antigas. Muito do que escrevo agora são recordações de trechos que confidenciei àquele livro, pois não consigo recordar o que era a verdade antes dele.

Guardei algumas páginas, as que não foram rasgadas e destruídas, as que me ajudaram a provar que eu realmente existi, as que mostram a você o porquê de eu ter desaparecido. Sinta-se privilegiado em ler meus últimos resquícios de sanidade.

Não sonhei esta noite. Esperei por uma torre e uma freira a perturbar meus pensamentos, porém fiquei sozinha com o barulho do vento e da chuva querendo entrar em meu quarto. Dormi profundamente, afinal sentia-me à vontade dentro do mistério criado nessa casa. Estou sentindo-me um narrador-personagem, criando e vivendo minhas histórias. Obviamente, não sabia que esse poder era perigoso. Se o tivesse sabido, não o utilizaria pelo medo do que pode acontecer quando nos deixamos levar pela imaginação. E eu me deixei.

Ser narrador-personagem é poder transformar o momento mais monótono em prazer, o simples andar de uma pessoa em uma caricatura engraçada, o beijo em uma explosão de desejos e expectativas. Vive-se ao máximo, pois se cria o sentimento antes que a ação ocorra.

Todavia, ser assim significa perder-se no deserto da mente e não mais encontrar a consciência. Nem sempre o exagero vai ser focado na alegria ou no amor, e caminhar pelo Saara dos pensamentos implica grande risco de encontrar as feras mais horrendas que não deixamos subir à tona quando estamos alertas.

Sentia-me especial por ter esse mundo mágico de fuga. Era como se eu não fosse humana, e ninguém mais pudesse me compreender. Somente eu tinha acesso a esse encanto. Por enquanto, eu estava sozinha, e me engendrava mais profundamente no labirinto...

Até que não consegui mais voltar.

X

Estávamos à mesa; somente ouvia-se o barulho dos talheres. Eram assim nossas refeições quando a presença de Giacomina silenciava a casa. Tínhamos de rezar antes de comer, e não consegui conter a pergunta:

– Por que tantas regras? Por que tantas histórias e rituais?

– Do que você está falando, minha cara?

Ela fez-se de desentendida, olhando-me curiosamente. Minha mãe fez uma careta para mim, ao mesmo tempo que pedia desculpas para a irmã.

– Tarsila, deixe a menina falar. Eu gosto das perguntas dos jovens, são tão puras e inocentes.

– Minha pergunta não tem nada de inocente. Por que vocês precisam de toda essa bobagem, sem querer ofender, para conseguir acreditar?

– Acreditar em quê?

– Em alguma coisa além do mundo físico.

– Você quer dizer, acreditar em Deus, na alma, nos santos?

– Exatamente o que eu quis dizer, irmã.

– Não podemos nos perguntar, simplesmente, temos de sentir em nossos corações sua presença.

– Se vocês realmente sentissem Deus, vocês não o rotulariam e não ousariam inventar regras, histórias, rituais em seu nome. Vocês não precisariam de nada disso, as regras seriam ditadas sem nenhuma interferência do Senhor!

– A igreja foi construída pelo homem, meu bem, e nós não somos perfeitos.

– Então por que não a destrói? Vocês precisam provar para si mesmos que acreditam, precisam inventar magia para atrair seu interesse.

– Coralina, todos nós precisamos de magia em nossas vidas, precisamos inventar uma razão maior para viver.

– Então você admite que tudo é uma invenção? A Bíblia é como um livro de ficção muito bonito, mas que as pessoas levam ao pé da letra!

– Nós somos uma invenção!

– Mas nós também inventamos, não é mesmo, irmã? Nós mesmos confundimos nossa realidade com criações de nossa mente, não? Então como podemos acreditar em todo o resto, como podemos acreditar em qualquer coisa, em nós mesmos?

– Nós não podemos nos perguntar, simplesmente devemos aceitar.

Giacomina estava pálida, suas mãos tremiam levemente. Minha mãe fez menção de levantar-se, entretanto, eu apressei minha fala.

– Última pergunta, irmã. A senhora acredita n'Ele?

Seus olhos encheram-se de lágrimas, ela baixou a cabeça para esconder a face.

– Eu não sei em que eu acredito!

Ela respirou profundamente, olhou-me nos olhos, penetrando um sentimento desconhecido em mim.

– E você, minha cara, acredita?

Eu levantei-me da mesa, peguei sua mão e a conduzi para fora da cozinha. Minha mãe ficou como que grudada ao chão, não tinha coragem para nos seguir. Fomos caminhando de mãos dadas em direção ao bosque. Adentramos a pequena floresta manchada pelo sol e a sombra, o barulho dos animais, o silêncio das árvores, o som de um riacho ao longe. O vento estava fresco, e passou acariciando nosso corpo. Chegamos ao mesmo lugar onde eu havia encontrado Netuno, sentamo-nos embaixo de uma árvore antiga e grandiosa. Falei-lhe com toda a sinceridade.

– Eu O sinto! Não sei dizer se é Deus, isso não importa, mas sinto energia! É obvio que aprecio histórias de ficção, porém não preciso de rituais, regras, criaturas místicas... Para mim, a vida, o planeta, tudo é mágico, tudo é uma prova de que nós somos magia também.

Irmã Giacomina abraçou-me, quase me esmagando, juntando toda sua força. Ela ficou calada, voltamos juntas para casa. Quando chegamos, ela trancou-se em seu quarto. Não sabia que aquela conversa a comoveria tanto. Minha mãe estava esperando-me na sala.

– O que você fez com ela, mocinha?

– Nada, mãe. Como se eu fosse uma assassina de velhinhas.

– Você tem cada ideia, Coral!

– Posso lhe assegurar que ela gostou. Só está um pouco comovida. Eu ganhei até um abraço.

Minha mãe olhou-me incrédula e risonha. Voltamos para nossos cantos, nossos afazeres. O meu era escrever nas páginas antigas, enquanto Netuno pedia carinho nas orelhas.

XI

Eu não sei como, nem por que, entretanto, minha vida começou a perder o brilho. Parei de sentir aquele encantamento sobre o qual havia contado à irmã. A vida é assim, em uma semana se admira cada detalhe, na outra, precisamos de um feitiço altamente poderoso para obter um refúgio da amargura. Conseguia entender que talvez a Igreja e o misticismo fossem um bem necessário àqueles que não conseguiam enxergar a beleza dos mínimos recantos do mundo ou àqueles que estivessem num simples dia de dor. Afinal, quando sentimos dor não há como ver nada de belo no mundo.

Eu queria ser a tempestade ou um dia de sol. A tempestade elimina toda a sua raiva em poucos instantes, sofre ao extremo, mas depois dá lugar a uma felicidade pura, o sol. Eu era o chuvisco nesse momento – sem graça, sem sentimento, reprimido, vazio, duradouro.

Os sonhos sobre a torre aconteciam todas as noites, os olhos de cor azul-marinho perseguiam-me em todos os lugares. Irmã Giacomina fora viajar. Obviamente, havia me alertado mil vezes de que se eu procurasse a torre ela saberia. Para minha surpresa, eu não me preocupava mais em conter minha busca. Já estava borbulhando de curiosidade, não aguentava mais perturbações e perguntas em minha mente.

Escrevi em meu livro que a procuraria. Escrevi descrições diferentes sobre como era o lugar que via em meus sonhos. Ao final de alguns dias, cheguei à definição mais próxima. Nem mesmo o fato de escrever o que eu via em sonho acomodou um pouco minha ansiedade em visitar o lugar. Não havia outra solução, eu não suportava mais pensar nisso, tornava-me obcecada por dormir. Afinal, quanto mais dormia, mais podia visitá-la e, ao acordar, descrevê-la para as páginas, já muitas preenchidas.

Era meia-noite. Uma noite clara, de lua cheia e amarelada, o céu estava recoberto de estrelas. Netuno dormia profundamente, assim como minha mãe no quarto ao lado. Eu levantei devagar, sentia uma onda de adrenalina correr pelo meu corpo.

A casa tinha dois andares, sendo que eu já estava no segundo, tinha que encontrar o lugar onde havia uma portinhola no corredor. Fui andando na direção onde ficava o quarto da irmã. Passei minha mão pelas paredes, não havia nenhum resquício de passagem. Entrei no quarto de minha mãe, silenciosa, lá também não havia nada. Vasculhei a casa inteira, até mesmo os aposentos do primeiro andar.

Foi terrível ter que tomar essa decisão, mas entrei no quarto de Giacomina. Era um cômodo simples, paredes salmão, cama de madeira, um pequeno guarda-roupa. Nada, nada, nada...

Eu estava furiosa, onde estava aquela torre? Saí de casa e fui para o quintal, talvez vendo a posição da torre no telhado eu pudesse compreender em que região da casa sua entrada estava. De repente, com espanto, descobri!

Retornei para a sala, subi as escadas correndo, cheguei ao meu quarto. Empurrei o armário para o lado. Lá estava! Uma porta de madeira clara, diferenciada de todo o resto do quarto, pregada. Como Giacomina fora tola de pôr-me justo no quarto onde estava a torre, eu pensei naquela época. Hoje sei o quão enganada eu estava por pensar de maneira tão simplista.

Fiquei parada em frente à porta, de joelhos, acariciando-a. Era bem como eu havia descrito no livro, nos mínimos detalhes. Meu coração pulava. Uma vontade enorme de arrancar as madeiras que a pregavam e subir na torre esmagava meu corpo, mas eu não conseguia mexer-me... O medo do que eu encontraria ali me deixava congelada.

Já estava amanhecendo quando meu transe foi quebrado. Ouvi os passos de minha mãe em direção ao meu quarto. Eu passara a noite inteira como uma estátua, somente os pensamentos e sentimentos se moviam em mim. Recoloquei o armário no lugar silenciosamente e voltei para a cama, fingindo dormir.

Tarsila sentou-se na beira da cama logo depois. Beijou meu rosto.

– Vamos, meu amor! Você vai chegar atrasada na escola.

XII

Eu tinha medo de nunca conseguir transpor aquela barreira. A pequena porta de madeira atrás do armário detinha-me, confrontando-me, amedrontando-me. Minha cabeça estava cheia de dúvidas, sentia culpa por não respeitar Giacomina e, ao mesmo tempo, eu precisava subir à torre! Já havia descrito todos os objetos, a cor das paredes e até mesmo a textura das almofadas que encontraria no aposento. Meus sonhos me haviam revelado os detalhes, e eu os redigira rapidamente em meu livro. Contudo, eu precisava comprovar com os meus olhos, com os meus sentidos, que tudo aquilo era verdade. Eu necessitava descobrir o que de tão precioso estava escondido lá dentro, que Giacomina não queria que fosse descoberto. Isso os meus sonhos não revelavam.

Naquela noite, minha mãe recebeu uma carta.

– Coral, irmã Bianca irá chegar amanhã à noite. Temos de organizar essa casa e comprar um estoque de remédios, pois a saúde dela está bastante debilitada. Por favor, posso contar com sua ajuda? Bianca precisa muito de nós, e nós somos gratas por tudo que ela nos tem dado.

– Pode contar comigo, mamãe! Netuno e eu iremos à farmácia, é só você nos passar a lista.

Minha mãe sorriu e passou-me uma lista de afazeres. Netuno e eu levamos o dia inteiro em nossas tarefas, em compras, na limpeza da casa, na organização de papéis e no corte da grama do jardim. Ao final do dia, a casa estava impecável, e mamãe e eu estávamos exaustas.

– Esqueci-me de lhe dizer, Coral, irmã Bianca escreveu pedindo que eu lhe agradecesse. Ela não escreveu o porquê, mas creio que é melhor deixar entre vocês esse segredo.

Eu revirei os olhos como se aquilo não tivesse importância para mim, mas meu coração deu um solavanco ao ouvir suas palavras. Então, ela realmente saberia se eu fosse à torre. Perguntava-me como ela me trataria após aquela noite. Sabia que seria diferente, porque eu não aguentaria ser devota de Giacomina nem mais um minuto. Essa era a minha última chance, eu não iria desperdiçá-la.

Esperei até a meia-noite. Netuno roncava em sua cama, Tarsila dormia como uma pedra no quarto ao lado. Levantei-me sem pressa, fingindo estar calma para disfarçar a hesitação. Empurrei o armário com toda a força. É por esse motivo que nunca poderia entrar na torre quando irmã Giacomina estivesse em casa, ela acordaria somente com o ruído da minha respiração mais acelerada. No caso de minha mãe e Netuno, poderia explodir a parede e nada aconteceria.

Agachei-me e comecei a arrancar as tábuas que cobriam a porta. Cerca de meia hora depois de lutar contra aqueles malditos pedaços de madeira pregados consegui ter livre o acesso da portinhola. Agora era só girar a maçaneta de cor dourada. Porém, esse era um passo tão difícil, tão significativo. Eu já começara a ficar novamente estagnada e presa ao chão como da última vez, quando me lembrei, última chance!

Eu tremia quando ouvi o barulho da porta girando nas dobradiças enferrujadas. Meus olhos estavam fechados enquanto eu me esquivava engatinhando pelo vão da porta. Não sei por que, mas fechei a porta atrás de mim antes de virar-me para o desconhecido. Uma luz azulada iluminava a escada, uma escada em espiral de prata reluzente, já tão conhecida pelos meus sonhos. Aquele ambiente era claustrofóbico; subi rapidamente esperando chegar logo ao quarto acima.

O quarto era idêntico ao dos meus relatos. Todas as três paredes que o constituíam eram cobertas de prateleiras de mogno. E essas eram recheadas dos mais diversos objetos, alguns que eu jamais vira e não saberia como usar, como se fossem de outro mundo. Também descansavam sobre as prateleiras inúmeros livros, escritos em línguas que eu não conseguia identificar. O teto do quarto era coberto de panos de seda coloridos, como se fosse uma tenda. Nele estavam pendurados, por correntes prateadas, vasos de flores em pontos nas laterais. As folhas verdes floridas desciam em efeito cascata, tornando aquele ambiente mágico. O chão era coberto por um tapete muito espesso, macio, de cor branca. Minha sensação era de estar caminhando sobre as nuvens. Havia almofadas douradas por todos os cantos e, em um deles, havia uma pequena fonte cercada pelo verde de mais plantas. Era relaxante ouvir o barulho da água e vê-la se mover, trocando de cor do rosa para o amarelo, e então para o azul.

Como eu estava extasiada em comprovar os detalhes que eu mesma já descrevera, esqueci-me de perceber que a luminosidade de dentro da torre era de cor azulada. Na verdade, o ambiente se tornava bastante escuro por causa daquela luz que eu não havia previsto. Virei-me rapidamente na direção contrária a da fonte e, então, reparei na cama. Uma cama de solteiro, vestida por lençóis de seda branca, parecia uma extensão do tapete. Sobre ela, no pequeno espaço não revestido por prateleiras, havia uma janela coberta por cortinas negras. Mas como poderia haver ali uma janela, se a torre não tinha janelas vista de fora? E como eu não havia registrado em sonhos essas cortinas negras sobre a cama branca?

Nesse instante, as cortinas começaram a balançar levemente, e eu pude ouvir uma voz saindo de dentro delas. O quarto foi tornando-se mais azul, escuro e sombrio. A imagem do quarto estava desfigurando-se, parecendo encoberta por neblina densa e escura. Eu ouvia uma voz entrando pela janela, uma voz como eu jamais ouvira, tão irreal.

Encontrei as escadas, desci correndo, tranquei a porta, empurrei o armário... Consegui alcançar a cama quando fiquei cega. Cega do mundo ao meu redor. Enxergava apenas dois universos azuis-marinhos. Os planetas estavam constantemente se movendo em suas órbitas, mas eles eram tão pequenos que pareciam manchas. No centro, havia o poderoso sol, brilhando. De repente, a imagem foi tomando mais forma e eu pude ver que aqueles universos estavam como que dentro de dois globos lado a lado. Quando consegui distinguir com nitidez as formas, para meu espanto, pude ver que eram seus olhos.

Os olhos sumiram assim que consegui compreender o que eram, deixando-me esse enigma. Adormeci imediatamente, como se me tivessem drogado. Ainda bem que o dia seguinte era domingo!

XIII

– Acorde! Acorde sua traidora!

– O que é isso, irmã? Coral lhe fez algo de ruim? Ela estava tão comportada esses dias, sempre em casa com seus afazeres.

– Tarsila, fique fora disso, esse assunto é entre mim e essa mentirosa!

– Desculpe-me, Bianca, mas preciso entender o que minha filha fez de errado!

Minha mãe estava desesperada, tentando impedir Giacomina de arrancar-me da cama. A freira estava possessa, dava socos com toda força no colchão, seus cabelos estavam desarrumados pela raiva que fazia seu corpo tremer. Minha mãe estava mais preocupada com ela, pelo fato de sua histérica movimentação lhe fazer mal, do que comigo. Tarsila devia estar prestes a me trancar em uma jaula, nem parecendo querer ouvir o meu lado da história.

– O que você fez, Coralina? Levante-se já e venha explicar-me! Olhe como está afetando nossa bondosa Bianca! Ela que nos deu casa, um lar, uma família.

Comecei a perceber que essa cena era iluminada por uma neblina azul densa, quase não conseguia enxergar por entre a névoa escura. Notei que elas não estavam olhando para mim quando falavam, e sim para uma menina deitada de bruços na cama. Essa menina era eu, obviamente, e percebi que eu não fazia nada além de observar um sonho!

Novamente à tona, os olhos formados pelo universo estavam tomando minha visão. Eu acordei de sobressalto às cinco horas da tarde. Como minha mãe não me acordara para ajudá-la? Será que Bianca, como mamãe preferia chamá-la, já teria chegado de sua "viagem"?

Netuno não estava no quarto quando me levantei e arrumei calmamente o aposento. Depois tomei um longo banho... Fiz com que minhas tarefas diárias demorassem a eternidade para serem finalizadas, protelando meu encontro com ela. Quando não havia mais desculpas, tive de descer as escadas. Tarsila estava na sala, assistindo à televisão – é raro vê-la descansando. Dei-lhe um grande abraço e sentei-me ao seu lado.

– Mãe, por que você não me acordou? Queria poder ajudar, não sei o que deu em mim, desculpe-me.

– Coral, minha querida, ontem deixamos todas as tarefas prontas, não tínhamos mais o que arrumar. E sei muito bem o que deu em você, cansaço da faxina!

Ela deu uma gargalhada, aposto como ela estava feliz em tirar o dia de folga.

– E, Coralina de Lilá, sua mãe não lhe acordou antes porque ela simplesmente só acordou há meia hora!

Ela abraçou-me, feliz.

– Parabéns, Tarsila! Você merece uma salva de palmas por ter parado de organizar e limpar por um segundo.

– Não é ótimo ficar de férias?

Nós rimos juntas, sabendo que suas férias se resumiam a um único dia. Pois quando Giacomina retornasse, o trabalho viria em dobro.

– Mãe, ela já chegou?

A campainha tocou logo após a pergunta. Meu coração congelou, creio que parou de bater ou começou a bater rápido demais, eu não conseguia distinguir a diferença. Minha mãe levantou-se, suspirando, e abriu a porta.

– Bianca, querida, que bom vê-la! Como foi de viagem?

Não pude ver seu rosto, pois fui para a cozinha silenciosamente e fiquei escutando a conversa.

– Foi bastante útil! Não houve diversão, mas consegui realizar minha missão magnificamente, graças ao Senhor!

– Que maravilha! Coral e eu arrumamos a casa para recebê-la, espero que esteja ao seu gosto.

– Está ao meu contento.

Aquela freira nem ao menos agradeceu a minha mãe. Ela era seca, fria e direta. Eu suspeitei que ela entrasse em casa deixando até mesmo sua bolsinha de mão para Tarsila carregar.

– Vou à cozinha pegar um copo d'água, deixe minhas malas no quarto, Tarsila.

– Está bem.

Ouvi seus passos miúdos enquanto ela caminhava para a cozinha. Não tive outra escolha, peguei um copo e servi água até a metade, do jeito que Giacomina sempre exigia durante as refeições.

Seus olhos azuis se encontraram com os meus, ela fuzilou-me. Porém, no segundo seguinte, um sorriso malicioso, quase uma gargalhada, encheu seu rosto, fazendo seus olhos tornarem-se um risco com pés de galinhas. Achei-a tão verdadeira e simpática nesse momento. Seu sorriso malicioso era o de uma velha que vê uma menina tola apaixonar-se pela primeira vez e sabe que a paixão é, na realidade, puro desejo sexual. Eu não compreendi nada, sua reação era inesperada.

– Olá, Coral! Obrigada por tudo, minha querida. Obrigada por ajudar-me tanto assim.

Ela estendeu a mão, e eu entreguei-lhe o copo, muda. Ela bebericou uns golinhos, ainda sorridente. Então, virou-se e, devagar, subiu as escadas, trancando-se no quarto. Lá ficou a noite inteira.

XIV

Netuno estava deitado sobre as minhas pernas. Eu escrevia em meu diário, detalhava os olhos azuis-marinhos, o sol que ardia dentro deles, os planetas que os manchavam. Eles tinham um poder sobre mim, perturbavam-me, viciavam-me. Queria adentrar a torre novamente, todavia tinha medo dos seus segredos e das reações da irmã. Passei noites sonhando, tentando descobrir a janela escura, mas nem mesmo agora que eu já a tinha visto, ela aparecia quando eu estava inconsciente.

Lembro-me de que, naquela etapa, eu estava completamente absorta na torre, em Giacomina e no que havia detrás das cortinas negras. Eu havia me esquecido da magia que existia na simplicidade, nas lambidas de Netuno, ou em sentar-me na relva e observar as borboletas coloridas. Eu estava tornando-me o que eu mais criticava e não conseguia ver isso. Naquela noite, porém, um resquício da Coralina sóbria teve força para descer as escadas, abrir a porta que dava para o quintal e deitar-se sobre a grama molhada. Consegui sentir uma onda de energia percorrendo o meu corpo como quando eu sentava-me no bosque. Sentia o cheiro da terra, conectava-me com ela, sentia suas vibrações, o barulho e a história de cada ser que já passara por aquele chão torturado. A terra era tão só, tão fria por fora para esconder as feridas provocadas por seu coração em chamas. Eu a compreendia, ser considerada a base, a que é pisada e aguenta o peso do mundo. Talvez o que ela mais quisesse era ser o céu, poder sonhar, voar, ser leve. Nesse instante, meus olhos deixaram as plantas, o solo, o mundo... Voei para o céu, para a lua cheia que brilhava amarelada. Então acometeu-me a dor, o desejo, uma saudade incontrolável daqueles olhos, os olhos de universo que pairavam no céu, sobre mim.

Era uma onda de energia nova, insalubre era a magia da torre, uma sensação que traz adrenalina, e não paz; que faz tremer de curiosidade, em vez de trazer sabedoria; que faz querer mais, e não a saciedade e a plenitude. Era muito melhor, mais prazerosa a energia dos olhos do que a tranquilidade do pelo macio de Netuno ou das estrelas no céu. Eu preferia gozar a dormir um sono calmo. Essas eram as diferenças entre as magias que eu sentia, e acabei escolhendo a "poção" errada.

Segunda Carta

Meu caro livro, esta é segunda carta endereçada a você. Quero parar a história por um breve momento. Breve o suficiente para minha reflexão, para que eu consiga suportar o que vou escrever a partir de agora. Preciso que você entenda que eu acabei e, deste capítulo em diante, sou um fantoche, manipulado pelo vício. Esse vício foi tão forte que é difícil recobrá-lo, lembrar-me do que eu fiz, do que eu fui nessa época. Eu não consigo recordar nada além do que "supostamente" vivi. Esqueci-me de minha mãe, esqueci-me de Giacomina, lembro-me somente do abstrato. Sei que já falei isso antes, mas meu coração corrói-se de remorso, tenho necessidade de explicar-me antes que você possa julgar-me. Sei que tenho culpa, porém ninguém me alertou contra esse tipo de droga.

Lembro-me de minha mãe nos momentos mais pútridos, de sua voz desesperada, de seus olhos cobertos pelo pavor. Lembro-me de ter visto Giacomina uma única vez, rezando em seu quarto. O resto dos meus pensamentos, do meu tempo, da minha mente foi inteiramente doado a ele.

Espero que me perdoe, que me compreenda. Espero que um dia eu possa perdoar-me por ter esquecido a realidade. Obrigada, caro amigo, por entender minhas limitações, meus medos de reescrever a parte mais complexa da minha vida – a parte ligada a Érus.

23 de Agosto
Coralina de Lilá

I

Era meia-noite, abri a porta atrás do armário. Netuno adormecido remexeu-se na cama, eu congelei por um segundo. Precisava ter coragem. Era a terceira vez que subiria à torre, e eu não queria que fosse a terceira vez que eu retornaria correndo, assustada, fugitiva da voz que saía da janela de cortinas negras. Eu não tinha mais o que perder, vivia para entrar naquele cômodo nos sábados à noite quando irmã Giacomina não estivesse em casa.

Subi as escadas de prata azuladas pela fumaça espessa. Cheguei ao quarto, estava desorganizado como se alguém tivesse jogado objetos por todos os cantos em um acesso de raiva. Talvez eu mesma tivesse feito tamanha bagunça quando tentei escapar em pânico. A fonte estava azul, o quarto inteiro era azul e as cortinas tremulavam fortemente. A voz era intensa, quase um grito. E então eu compreendi o que dizia.

– Não vá embora! Por favor, acredite em mim!

Era uma melodia doce, quase como o algodão das nuvens que formavam o tapete e a cama. Era uma voz masculina e jovial, estava preocupada em não me assustar.

– Não vá embora, por favor. Acredite em mim. Eu preciso que você me conheça, que você acredite em mim.

A voz ficou repetindo essas frases com uma insistência rítmica. Entretanto, dessa vez, eu não tremi de pavor, e sim de prazer ao ouvir o som. Não tive dúvidas de que tinha de ficar, o medo foi dando lugar à curiosidade. Meu corpo não estava mais alerta ao perigo; senti-me confortável em meio ao mistério. Passei a ouvir a voz, a enxergar os olhos do universo, e então, tive coragem. Minha mão foi até a cortina, abri uma pequena fresta, coloquei nela meus lábios e sussurrei.

– Eu acredito em você. Acredito em você mais do que acredito em minha força de viver mais uma noite sem o conhecer, sem entender o que é você.

Fechei a cortina, sentei-me na cama branca, tapei os meus olhos, esperando para que o encantamento funcionasse. Como eu era tola, tinha certeza de que tudo funcionaria. E, funcionou.

Eu ouvi alguém sentar-se ao meu lado, senti seu olhar curioso e maravilhado em mim. Não tinha coragem de abrir meus olhos, e ele esperava ansioso, como se aproveitasse aquela atmosfera de expectativa. Baixei minhas mãos devagar e então o vi por completo. Em um único olhar o vi dos pés à cabeça, absorvi detalhes, escrevi adjetivos e relatei-os ao meu diário mental.

Um único olhar não bastava para saciar-me, meus olhos estavam fixos, apreciando cada centímetro de seu corpo. Poderia fazer isso pela eternidade sem que me cansasse. Aproveitei cada segundo, começando pelos seus olhos. Aqueles olhos iluminados pelo sol, os mesmos dos meus sonhos, da perseguição imaginária. Passei ao seu cabelo, ele era azul-marinho, da mesma cor dos olhos e da fumaça do quarto. Ele poderia passar por um jovem comum se não fossem seus olhos e sua pele. A pele de todo o corpo parecia ser transparente e, por ela, naquele instante, passavam nuvens e um céu azul. Era como se todo seu corpo fosse uma tela branca na qual imagens e pinturas percorriam incessantemente.

Ele sorria tanto, mas estava hesitante, receoso de que eu fugisse. Eu estava sem ar, não conseguia acreditar no que via à minha frente, não conseguia raciocinar o suficiente para reconfortá-lo com um sorriso ou dizer-lhe que eu não fugiria e que confiava nele. Eu estava hipnotizada ao olhar as nuvens passarem. De repente, havia um passarinho voando em seu braço, chegando a sua mão e desaparecendo ao alcançar a ponta dos dedos. O mesmo acontecia com as nuvens, elas nunca eram as mesmas.

Minha reação foi esticar minha mão para tocá-lo, precisava sentir a textura daquela pele, a temperatura daquele corpo estranho. Meus olhos estavam fixos nos dele, minha mão erguia-se à altura de seu braço. Então ele levantou-se de um salto, sorrindo tranquilamente, ainda hesitante.

– Olá.

Eu não conseguia coordenar ideias, creio que estava no mesmo estado de choque em que me encontrei quando parei pela primeira vez diante da porta da torre. Percebi que parecia uma estátua de gelo, minha mão erguida no ar, meu rosto petrificado olhando na direção do lugar onde ele estivera antes.

– Eu sou Érus. Você não sabe há quanto tempo espero para conhecê-la, Coralina!

Como ele sabia meu nome? Como ele sabia que eu existia? Nunca encontrei respostas dignas para essas perguntas. Mas fiz uma enorme força para esquecer o espanto e mover meus músculos e meu cérebro novamente. Levantei-me, tonta, olhei em seus olhos sinceros.

– Olá, Érus!

Ele explodiu de alegria. Eu sentia que nós dois tínhamos muitas coisas a dizer um ao outro, e não conseguíamos dizê-las porque queríamos olhar nos olhos um do outro, sorrir um para o outro, respirar a timidez e o desejo de se conhecer que se misturavam no ar.

– Bem, eu não lhe espero há tanto tempo assim, mas estou viciada em seus olhos desde que cheguei aqui.

Não sei de onde veio coragem para dizer essa frase. Enrubesci. Percebi que sua pele refletia o mar repleto de conchas coloridas, um coração desenhado na areia molhada... Eu corei ainda mais. O sol em seus olhos tornou-se alaranjado, ele também ficou vermelho sobre as ondas do mar em seu rosto.

Passamos um longo tempo a nos olhar e a sorrir sem nada dizer. Tínhamos tanto a conversar. A praia desapareceu, havia nuvens escuras, carregadas, chocando-se em sua pele. O sol voltou ao amarelo monótono, pequeno, parecia assustado e bravo.

– Você tem que ir agora! Vá rápido!

– Por quê? Eu não quero ir, Érus. Preciso falar com você, prometo que não vou atrapalhar...

Sua expressão suavizou-se, ele sorriu leve.

– Você não me incomoda, Coralina. Quero sempre sua presença aqui, quero conhecê-la. Se fosse possível, não a deixaria voltar para seu quarto jamais, queria mantê-la na torre comigo.

Naquela época, esse discurso pareceu-me encantador, irresistível. Não percebi a doença dessas palavras.

– Então, por que não posso ficar aqui trancada com você?

– Sua mãe está vindo acordá-la em dez minutos, escuto Netuno latir para a porta, ele vai mostrá-la para sua mãe!

Érus sorriu e sussurrou.

– Adeus, Coralina! Estou lhe esperando. A partir de agora, não precisará mais abrir as cortinas.

Assim passei a dedicar minha vida àquele homem de olhos de universo e pele que reflete a alma.

II

– Cale-se, Netuno!

Empurrei-o para sua cama e coloquei-o de castigo. Ele abaixou a cabeça, arrependido, e fitou-me desculpando-se com o olhar. Se fosse humano, as lágrimas estariam escorrendo dos doces olhos de amêndoa. Deitei-me na cama, fingindo dormir, fechando os olhos para ver Érus novamente. Memorizei os detalhes de seu corpo, a luminosidade de seus olhos, o cabelo azul, a pele de nuvens carregadas. Netuno continuava a esperar por uma resposta, por um carinho, e eu não o via, somente sonhava com a torre, e com quando subiria lá novamente.

Sem pensar, quando Netuno começou a chorar, chamei-o para perto, acariciei-o. Entretanto, ele sentiu minha ausência, respeitou minha viagem mental, voltou-se para seu canto e ficou só. Eu o deixei sozinho.

Após alguns minutos estática, absorvendo aquele encontro, testando possibilidades do que eu poderia ter feito a mais, percebi que Netuno olhava melancolicamente para a porta do quarto. Não quis virar-me, sabia que mamãe estava ali, parada à porta. Ele baixou os olhos, focando uma de minhas mãos, como se sentisse uma saudade irresistível. Não consegui controlar-me, precisava de Netuno em meu colo, dizer-lhe que sentia muito pelo modo como o tratara.

Fui até ele e abracei-o forte. Ele se esquivou, detestava abraços. Eu sorri enquanto as lágrimas entravam em minha boca. Afaguei seu pelo, e sua lambida em minha bochecha foi tão carinhosa que desatei a beijar seu rosto pequeno entre as minhas mãos. A alegria exalou de seu ser rapidamente e me senti bem ao seu lado. Mas essa alegria não era completa, só seria, a partir de agora, ao lado de Érus.

III

Subi as escadas de prata cobertas pela névoa azulada, agora mais espessa do que nunca. Entrei no quarto, os olhos fechados, temendo que ele não estivesse lá. Mas ouvi sua gargalhada gostosa e infantil e meus olhos abriram-se de imediato em um sorriso, afinal, os olhos também sorriem. Todo o meu corpo vibrava de alegria por poder encontrá-lo novamente.

Ele estava deitado na cama, refletia um céu de verão, azul claro e profundo. Os planetas giravam em volta do sol em seus olhos. O cabelo azul estava despenteado como chamas a queimar. Ele levantou-se, veio caminhando suavemente em minha direção. Érus parecia saber flutuar, seu corpo era leve como se ele fosse um sonho, inexistente. Porém eu podia vê-lo e senti-lo.

Pensei que iria pegar em minha mão, entretanto apenas me convidou para sentar ao seu lado na cama de nuvens. Ficamos em silêncio durante meia eternidade... Meia eternidade que, para mim, poderia ter sido inteira tal era o prazer que me acometia ao olhar em seus olhos e igualar o ritmo de nossas respirações.

– Olá.

Sua face transbordou em um pôr do sol no céu.

– Olá.

A minha fez o mesmo.

– Creio que se eu fosse como você, haveria duas maçãs refletidas em meu rosto agora.

Nós rimos juntos, ambos corados e demonstrando ansiedade, cada um a sua maneira.

– Você não precisa ser como eu, já conseguiu as duas maçãs bem vermelhas!

Ele continuou já que eu congelara novamente.

– Nós temos tanto a conversar e ficamos parados aqui.

Eu sussurrei em uma resposta tímida.

– Nós já estamos nos falando tanto!

Ele olhou-me profundamente, tornando-se sério. Uma força percorreu meu corpo, meus cabelos agitaram-se como se houvesse uma ventania dentro do quarto. O sol brilhava forte, podia ver as explosões dentro dele, conseguia distinguir os anéis de Saturno, e a grandeza de Júpiter, vi os continentes na Terra. Mais incrível ainda, vi meu rosto refletido em sua pele. Aquilo de repente parou. Digo aquilo porque não sei exatamente o que acontecera ali, se tinha sido ele quem me fizera sentir assim, completamente hipnotizada.

– Desculpe-me! Eu não queria assustá-la.

– Foi você quem fez isso?

– Eu não sei bem o que aconteceu. Mas acredito que tenha sido você quem fez isso comigo!

– Isso o quê? Você está me deixando confusa, Érus.

– E você está me deixando louco, Coral. Esperei tanto tempo para lhe conhecer, para lhe jogar toda a raiva que eu sentia e para lhe destruir como você fez comigo... Agora, estou louco por você.

Eu congelei, não compreendia nada daquela conversa. A única coisa que entendi e na qual me agarrei, esquecendo de todo o resto, foi como um desejo realizado. Ele gostava de mim.

IV

Sonhava sempre o mesmo sonho desde pequena. Somente mudavam os lugares, as pessoas, os modos... Porém o sonho era o mesmo, a sensação mágica que ficava no dia seguinte dominando minha mente era sempre a mesma. Quando acordava, não conseguia entender o que era a realidade: o sonho ou a vida.

Eu estava fugindo dentro de um edifício, às vezes eram lugares pelos quais eu já havia passado, outras vezes construções desconhecidas. Sempre havia outras pessoas comigo, pessoas que já fugiam há tempos e conheciam as técnicas. Eu era a novata, chegava a uma janela, e uma das pessoas dizia.

– Corra, impulsione-se e pule!

Eu não acreditava no que ouvia e elas logo me empurravam da janela altíssima bem na hora em que os perseguidores chegavam. Via o céu estrelado, ou, algumas vezes, nublado. Ao invés de cair, eu subia leve, subia cada vez mais alto. Via as pessoas que me haviam empurrado subirem ao meu lado, sorridentes, ainda assim, preocupadas. Era tão bom voar, sentir o vento frio cortando o rosto, um vento que jamais poderia sentir em terra. Era como mergulhar para cima em águas tão leves que o mínimo movimento faz você subir alto, e ver tudo tão pequeno lá embaixo. Não há o que temer, pois não há falhas, quem sabe voar não cai lá de cima e sempre pode voar novamente. Aquelas pessoas sabiam que eu tinha esse dom sem nem ao menos conhecerem-me, falarem comigo. A cada sonho, a descoberta do dom fazia-me tremer de expectativa.

– Você tem que se esforçar. Isso é normal nas primeiras vezes, mas procure controlar-se.

Somente entendi a frase quando percebi que a voz gritava para alcançar-me. Notei o grupo de pessoas muitos metros abaixo de mim. Era difícil descer, manter-me em uma altura estável. Eu não conseguia mover-me para a frente sem subir muitos metros acima. Algumas vezes, furava camadas de nuvens, ficava sem ar, quase congelava. Por isso, tinha de aprender a controlar-me como eles, mesmo tendo que fazer uma força imensa para descer.

– Nossa tendência é o universo. Temos de subir o mais próximo dele, nosso corpo tem essa necessidade. Realmente resistimos às intempéries das alturas muito melhor que os outros. Mesmo assim, se ultrapassarmos o nosso limite, nós também somos humanos.

A partir daquela frase senti uma vontade incontrolável de subir até a Lua e, ao mesmo tempo, um medo que me barrou a uma altura determinada, sem nunca mais atrever-me a atravessar nuvens ou ficar sem ar. Passei a temer a imensidão que antes eu sentia prazer em desafiar.

Sempre sonhei estar voando, fugindo. Somente podia voar se me jogasse de um local alto. Muitas vezes, os perseguidores prendiam-me em terra, tentava subir em uma pedra e atirava-me. Porém, pairava a um metro do chão e fazia um esforço abalador para ganhar altura. Então, eles agarravam-me pelos pés.

Eu adorava olhar o céu antes de dormir na esperança de que pudesse voar de verdade. Ou de que, ao menos, eu pudesse sonhar estar voando naquela noite. Todavia não há como escolher os sonhos.

Érus despertava em mim essa incrível sensação de estar perto do universo, de estar voando ao olhar para seu corpo ou para os seus olhos. Também despertava em mim o medo de perdê-lo ao acordar. E nunca mais sonhar os sonhos de névoa azulada.

V

Movi minha mão em direção a sua. Ele esquivou-se.

– Por quê?

Perguntei sorrindo, um sorriso preocupado. Ele não me respondeu, apenas estendeu-me sua mão. Quando a toquei, toquei o ar, ela desapareceu. Ele puxou o braço para longe de mim, e a mão voltou ao seu lugar. Fiquei pasma, essa era a prova de que ele não era real.

– Mas você pode ver-me, conversar comigo, sentir minha respiração!

Ele respondeu rapidamente ao ver minha expressão. Mudei os meus traços, eliminei os pensamentos que me passaram pela cabeça. Nunca poder beijá-lo, acariciá-lo... Era tão cedo para pensar nisso, mal havíamos conversado. Eu tinha de afastar aqueles pensamentos, tinha de afastar a decepção em meus olhos e a preocupação de meu rosto. Tive sucesso nessa tarefa, pois logo ele estava sorrindo e mostrando-me seus livros, seus objetos mágicos. Adorava ouvir suas histórias, o jeito como encarava o mundo como um amigo de séculos... Adorava ficar deitada ao seu lado, lendo seus livros. Parávamos no fim do capítulo, nos olhávamos e ele perguntava.

– Já encontrou aquele que deixa você sem ar durante todo o capítulo?

Eu sorria querendo dizer, sem conseguir, que somente ele deixava-me sem ar. Todo o seu mistério, sua sabedoria despertavam em mim uma sensação única. Queria poder ficar para sempre lendo os livros ao seu lado, ouvindo seus comentários apaixonados das histórias.

Observávamos aquela fonte de água que mudava de cor. Molhei a ponta dos dedos na água colorida, e ele olhou-me maravilhado, como se essa ação fosse algo incrível e demasiado improvável de ser realizada. Pensei que era devido ao fato de que ele não pudesse tocar em nada, como um fantasma. Mas como se ele manuseava todos os objetos do quarto?

– Você não pode tocá-la? – perguntei curiosa.

Ele sorriu como se eu houvesse dito uma tolice. Estendeu a mão e ficou acariciando a água do outro lado da fonte em que meus dedos encontravam-se. E eu senti seus dedos em minha pele, senti seu calor, o carinho que fazia em minhas mãos. Miramo-nos incrédulos, ele também não sabia desse poder. Ficamos nos acariciando, na verdade, acariciando a água por muito tempo. Era tão gostoso seu toque macio.

– Eu posso tocar tudo neste quarto, Coral. Admirei-me que você possa fazer o mesmo, não sabia que seria possível.

– Claro que é possível. O impossível é você tocar qualquer coisa porque você não é real.

Depois que as palavras saíram de minha boca percebi o quão brutais elas foram para ele.

– Desculpe-me, Érus! Eu não quis dizer isso, é tão confuso para mim.

Ele começou a gargalhar. Naquele dia, se eu pudesse tocá-lo, teria lhe dado um beliscão no braço pela preocupação que ele me fizera sentir.

– Coral, eu sou mais real para esse quarto do que você é.

Eu não queria saber mais nada. Em outro momento, eu teria perguntado mais, desdobrando-me de curiosidade. Já estava acostumada com seus segredos, sabia que ele não iria contar mais nada. Fiquei furiosa com ele, não aguentava esse jogo, ele divertia-se com isso.

Tirei minhas mãos da água. Ergui-me em um pulo.

– Eu preciso ir, Érus!

– Não! Ainda é cedo, fique mais, por favor!

– Chega! Eu não posso mais hoje, perdi a noção de há quanto tempo estou aqui.

Ele jogou-me água, encharcou minhas roupas, gargalhando. Ele estava tão feliz que era difícil brigar com ele. Seus olhos brilhavam, sua pele refletia o mesmo céu azul de tranquilidade.

– Pare com isso, Érus!

Eu gritei. Foi então que ele notou o que se passava em mim.

– Vá, então, Coral.

– Desculpe, não quis ser grosseira. Só estou nervosa agora que percebi que tenho que voltar. Fale, há quanto tempo estou aqui?

– Três dias.

Fiquei pasma. A raiva se apoderou do meu corpo.

– Érus, por que você não me mandou voltar? Eu tenho uma vida lá, sabia?

– Você pensa que é fácil mandá-la de volta, ficar sem sua presença, Coral...

Ele não terminou a frase, porque eu bati a porta da torre e já estava em meu quarto. Netuno veio até mim, preocupado, lambendo meu rosto. Eu precisava dormir, fui correndo em direção à cama, ele mordia meus tornozelos.

– Nem pensar!

Minha mãe agarrou-me pelos ombros. Vi seus olhos vermelhos, sua voz rouca. Não consegui distinguir mais nada, porque meus olhos fecharam-se e não se abriram mais por um longo tempo.

VI

Tinha tanto medo de voltar e não poder revê-lo, medo de que ele fugisse depois do modo como eu agi. Eu fora rude com ele, a culpa era completamente minha em ser viciada no sol em seus olhos, no azul do céu de seu corpo, e não conseguir voltar à realidade.

– Eu tenho uma vida lá, sabia?

No fundo eu reconhecia que essas palavras eram para mim. Eu ainda tenho uma vida nesse planeta, nesse planeta sem Érus. Não sei o que acontece mais nessa vida, entretanto, sei que ela não é certa para mim. Eu teria de escolher viver uma ou outra realidade, e não ambas cheias de lacunas.

Esperava ansiosa que Érus pudesse perdoar-me e entender que eu brigava comigo mesma. Mas meu medo era tanto que só consegui entrar por aquela porta muito tempo depois. Durante o tempo em que fiquei deitada em minha cama, pertenci a um limbo, um vácuo entre meus dois mundos.

Vi uma bandeja de comida ao meu lado e um copo de água, vazios. Não compreendi naquela época, mas minha mãe alimentara-me enquanto estava em meu "coma". Não sei até hoje quanto tempo ele durou. Naquele dia, voltei para a Terra por uns momentos. Netuno dormia ao pé da cama, parecia exausto.

Fui andando devagar para não acordá-lo, saí do quarto, desci as escadas.

Minha mãe chorava em uma almofada. Estava deitada no sofá da sala. Fingi não vê-la, não conseguiria suportar a angústia que eu causava a ela. Tomei um copo de água ainda zonza, como se estivesse em um sonho. Não poderia aguentar muito tempo sem Érus, precisava conversar com ele, pedir desculpas. Precisava da sua magia, do seu mundo, o mundo ao qual eu pertencia verdadeiramente. Eu havia feito minha escolha.

– Coralina?

Minha mãe chamou baixinho da sala, esperançosa. Eu não respondi, saí correndo, tranquei-me no quarto. Não conseguiria continuar com minha escolha se olhasse em seus olhos. Abri a portinhola, subi as escadas de prata. Finalmente meu coração acalmou-se, minha respiração voltou ao normal, e eu senti-me completa.

VII

– Érus, perdoe-me. Beijaria seus pés se eu pudesse.

Estava desesperada, joguei-me ao chão, à frente de seus pés. Eu me via refletida em todo o seu corpo. Ele sorria tranquilo.

– Eu fui rude, estava brava comigo por estar vivendo com lacunas em meus dois mundos. Você compreende?

– Coral, está tudo bem. Comigo também foi assim. Só, por favor, sempre volte para mim no final.

Eu sorri aliviada. Ele refletiu meu sorriso em seu pescoço. Como queria beijá-lo, agarrá-lo.

– Fiquei com medo de que você fosse embora por causa da briga.

– Eu não posso ir embora, Coral. Só você pode fazer-me desaparecer.

– E você ficaria muito bravo comigo se eu o mantivesse meu prisioneiro?

– Seria um prazer!

Rimos aquele riso cheio de desejo, em que os olhos brilham e, de repente, se está sério, observando cada detalhe do rosto do outro.

Mal sabia, naquela época, que eu era a prisioneira.

– Érus, eu tomei uma decisão. Não posso viver em dois mundos ao mesmo tempo...

Chovia tanto, trovoadas ao longo de seu corpo. Creio que aquilo significava um tipo de choro, de tristeza profunda.

– Então, eu escolho você para sempre!

Ele não parecia acreditar no que ouvira.

– Eu quero viver no seu mundo!

Seu corpo refletia muita luz, quase me cegando.

– Seja bem-vinda, meu amor!

Acredito que foi a primeira vez que deixamos claros nossos sentimentos. Antes, éramos apenas amigos que estavam enfeitiçados um pelo outro, pelas diferenças entre nossos corpos e vidas.

Não havia mais pressa, eu não voltaria mais para o meu quarto. Ficaria ali, lendo, aprendendo com ele, acariciando suas mãos através da água colorida. Poderia envelhecer fazendo isso. Entretanto, não sabia que haveria muito mais para descobrir além daquela torre. Ele tinha esses planos.

– Agora que você optou por essa realidade, gostaria muito que você conhecesse o meu planeta... Você poderia acompanhar-me nessa viagem hoje à noite?

Minhas pernas tremiam de excitação. Eu não sabia que ele tinha um planeta e, muito menos, que eu pudesse conhecê-lo.

– Eu adoraria mais que tudo conhecer a sua vida, meu Érus!

Ele sorriu delicadamente, e levantou a mão no ar, como se estivesse fazendo-me um carinho. Eu beijei o ar, e levantei a mão como se tocasse em seus lábios.

– Você não disse que só poderia sair da torre quando eu escolhesse que você desaparecesse? Você vai poder voltar depois dessa viagem?

– Sim, Coral! Se eu estiver com você, posso ir aonde eu quiser. Só não posso ficar longe de você, isso é proibido para o meu corpo. Todo o tempo que passei longe de você somente me prejudicou.

Eu nunca compreendi porque ele falava de mim dessa maneira, como se me conhecesse a vida inteira.

– Então, está preparada para entrar em um universo completamente diferente do que você já viu?

– Sinceramente, vou me sentir em casa.

VIII

Lembro-me de como eu ficava angustiada buscando encontrar um local no qual eu me sentisse bem, longe de todos que me desprezavam. Na verdade, eu os desprezava. Queria ser muito mais que humana, queria um planeta só meu, onde eu pudesse controlar o que eu sentia – minha tristeza, meu desespero. Esperava ansiosamente o dia em que esse passe de mágica acontecesse, o dia em que minha fada madrinha viesse trazer-me esse presente. Estranho pensar que foi justamente Giacomina essa fada, uma fada de véu e terço em mãos.

Criava histórias, livros imaginários em minha mente. Queria poder viver em suas páginas, ser escrita por alguém. Pensava: "Se eu sou escrita por alguém, por que me colocaram justo nesse livro!".

Nunca vivi muito com as pessoas a minha volta. Entretanto, eu vivia para a natureza, para o céu... E agora estava vivendo para os meus sonhos, para o completamente metafísico.

IX

A janela coberta por cortinas negras. A janela que eu não conseguira prever. Era essa a passagem para seu mundo, em meio a um turbilhão de névoa azulada. Eu o perdi de vista por tempo indeterminado. Somente a névoa carregava-me em grossas nuvens. De repente, eu flutuava em meio ao escuro universo, os planetas a minha volta. Eu estava voando, completamente livre, como em meus sonhos. Ele estava ao meu lado. Passamos um bom tempo nos divertindo no vácuo, como crianças que entram no mar pela primeira vez.

Ele apontou para uma lagoa solta em meio ao universo, em meio ao vazio escuro entre estrelas e planetas. Suas águas eram cristalinas, dentro dela podia-se ver uma magnífica cidade, crianças e adultos voando de um lugar para o outro. A natureza era intocada, a cidade fora construída em meio a árvores. Podia-se ver três grandes prédios.

– Lá estão as bibliotecas. Nosso povo trabalha construindo histórias, todos somos escritores, esse é o nosso ofício. As crianças vão para escolas onde já começam a desenvolver suas habilidades de escrita e leitura. Por isso esse mundo é assim, tão rico em natureza e inteligência; nossas indústrias estão na nossa própria mente que é imortal. Não existe morte aqui, Coral.

Observando melhor, pude ver que não somente as pessoas, mas também os prédios, as árvores e as nuvens refletiam imagens, pareciam seres que viviam há eternidades. Em uma das casas, havia um mar calmo, nas calçadas, refletia-se uma selva. Cada pessoa refletia um modelo de imagem – algumas eram o fogo, outras a água, outras a terra... Somente meu Érus refletia o céu.

Era tudo muito parecido com a Terra, exceto pelo estranho fato das imagens refletidas, da sabedoria, do modo rústico como viviam e, obviamente, sua imortalidade. Eles pareceram-me encantadores, eu poderia viver ali, seria feliz ali.

– Quando vamos entrar?

Eu perguntei a ele. Ele hesitou em responder.

– Você não pode entrar, meu amor. Assim como não posso entrar no seu quarto, você não pode entrar nesse universo.

Aquele mundo era perfeito demais para ser possível para mim.

– Coral, sabe por que todas as pessoas refletem água, fogo, terra e somente eu reflito o céu?

– Érus, não muda de assunto.

– Não estou mudando, escute até o fim.

Eu assenti com a cabeça, quieta.

– O nosso estado natural é refletir a terra. Quando nascemos, somos terra, verde, selvas, areia, argila... Quando vamos nos descobrindo, nosso corpo adquire outras imagens, as imagens do que vemos e sentimos. Não é algo que possamos controlar.

– O que eu não consigo compreender é como você entrou em meu mundo.

– Coral, tenho que lhe mostrar algo, você pode acompanhar-me de volta?

Novamente a névoa, as cortinas, o quarto da torre.

– Sente-se na cama.

Eu praticamente deitei-me, estava exausta. Ele retirou um livro da prateleira.

– Todos os livros que tenho aqui vieram do meu mundo, alguns escritos por mim mesmo!

Ele sorriu, eu o parabenizei.

– Muitas dessas quinquilharias também vieram de lá. São como objetos de inspiração para mim, lembranças que me ajudam a escrever melhor.

Eu não conseguia compreender aonde ele queria chegar.

– É por isso que estranho tanto que você possa tocar os livros, os objetos da torre. São todos de meu planeta, onde você teoricamente não pode entrar. Mas muito antes de você me conhecer, eu encontrei isso em uma das bibliotecas no lago de cristal.

Ele parou, riu de sua observação e atirou-me com cuidado o livro. Na capa estava escrito Coralina de Lilá, e eu o identifiquei como sendo minha própria letra. Eu abri o livro e comecei a folheá-lo. Não era uma história, e sim ideias que eu tivera durante a vida, suposições, opiniões, imaginações... Todos os meus pensamentos excêntricos estavam ali.

– Lembra quando eu lhe perguntei se você ficava sem ar ao ler um capítulo de um livro? Bem, a única vez que isso ocorreu foi quando eu li suas ideias. Principalmente quando li o seu sonho. É estranho porque esse sonho repete-se inúmeras vezes no livro, sempre de uma maneira diferente.

Ele riu apaixonado, lembrando-se das palavras que estavam escritas nas páginas em minha mão.

– Por sua causa, eu tornei-me o céu. A sua paixão, a sua tendência à imensidão... Você me fez ser o universo; um universo inteiro criado para você.

Não conseguia viver sem ler suas histórias, sem aprender mais sobre você, seu mundo e suas fantasias. Foi então que eu imaginei esta torre para poder encontrá-la.

Eu não podia acreditar que tudo o que pensei em minha vida estivesse escrito com a minha caligrafia naquelas páginas deixadas em um universo paralelo e transformado o ser que eu mais amava. Era absurdo demais acreditar que aquela torre fora criada por ele, imaginada para ter-me ao seu lado. Até que ponto o poder de Érus se estenderia?

– Coral, você precisa descansar. Sei que é horrível ficarmos longe, há tanto para conversar. Mas, por favor, não quero machucá-la. Você não consegue dormir aqui, precisa voltar para sua realidade.

– Érus, não me peça isso.

– Coralina, meu bem, você precisa dormir! Tudo o que você fez hoje vai deixá-la exausta. Você retorna assim que completar sete horas de sono.

– Não! Eu sou desse mundo agora!

– É claro que sim, mas seu corpo não. Eu prometo estar com você.

Eu fiz uma careta de esperança.

– Quero testar algo essa noite. Preciso que você esteja dormindo, meu amor.

– Já estou indo!

Saí risonha. Parei mais uma vez antes de descer as escadas e nos olhamos profundamente. Nenhuma palavra precisou ser dita para entendermos a conexão que havia entre nós, algo mais forte que amor: necessidade.

X

Dormi profundamente, esqueci-me de que Érus queria testar algo em meus sonhos. Não sei em que ponto da noite, quando eu já me sentia mais recuperada, ele apareceu. Veio da porta da torre, sorriu e piscou para mim.

– Deita ao meu lado?

Ele deitou-se, o mais longe possível de mim. Estava cheio de expectativa; o desejo entre nós era tão poderoso, tão denso, que era quase tangível. A escuridão da noite, o silêncio na casa, a cama acolhedora, seus olhos brilhando. Ele era tão doce comigo, como se eu fosse o ser mais importante de sua existência. E tenho que admitir, ainda o sou, apesar de sua maneira errônea de encarar os sentimentos.

– Eu lhe disse que tinha que testar algo, não é mesmo?

Ele aproximou-se devagar. Tocou minha mão de leve, segurou-a com força contra o seu peito, beijou-a delicadamente e depois com fúria, com desejo. Ele podia tocar-me, meu maior sonho fora realizado. Ou melhor, estava sendo realizado dentro de um sonho. Entretanto, eu sabia que ele realmente estava ali, nossa ânsia era tão física que não podia ser apenas compartilhamento de pensamentos.

Deitamo-nos abraçados, abraços fortes e suaves intercalados a carícias. Nossas mãos exploravam cada vez mais o corpo um do outro, era como se uma onda elétrica me percorresse enquanto seus dedos me acariciavam. Nossa respiração tornou-se pesada, ofegante. O desejo no ar ficou perturbador. Foi então que seus lábios encontraram os meus, primeiramente delicados, depois com sede de beijos mais fortes. E nesse ritmo eufórico, quando não se pode mais parar, se perde a razão, e se quer mais e mais o corpo do outro, continuamos a nos descobrir... Parecia que eu só poderia estar completa se ele estivesse ainda mais perto de mim, dentro de mim – dentro da minha vida, da minha alma, do meu mundo, do meu corpo.

Entre os beijos, sem nunca parar para pensar, tudo aconteceu. Aconteceu em perfeita sincronia dos nossos corações, nossa respiração, nosso ritmo. Cria que em todas as vezes que nos amássemos, seria a primeira vez e, ao mesmo tempo, algo a que já estivéssemos muito preparados. Érus já era parte da minha história, parte de mim, assim se explica o fato de que tudo fora perfeito.

Apesar de todo o rancor, lembro-me daquela noite com ternura, como se minhas frustrações não pudessem tocar algo tão belo e transformá-lo em pútrido. Pois, naquela noite, ele me amou de verdade, se doou a mim; assim como eu o fiz, no que pensava ser para sempre.

XI

Ele estava deitado na cama de nuvens quando entrei na torre, assim que o sol nasceu. Embora tenhamos nos amado durante a noite anterior, meu corpo estava descansado, como se eu houvesse dormido durante dias.

Percebi que ele escrevia em um livro.

– Bom dia, meu amor! – Mandei-lhe um beijo pelo ar e fui sentar-me na cama.

– Bom dia, minha princesa!

Eu ri, havia muita graça nesse jeito de me chamar. Ele ajoelhou-se diante de mim, fingindo segurar algo em sua mão.

– Casa comigo, Coralina?

– Já nos casamos, Érus. Ontem à noite foi a cerimônia, não se lembra?

O sol quase explodiu em seus olhos. Uma chuva de estrelas cadentes refletiu-se em seu corpo.

– Queria poder beijá-la agora!

Eu fui até a fonte e coloquei meus lábios na água. Ele entendeu e adiantou-se rapidamente para beijar o líquido colorido. Senti seu gosto, a boca molhada.

– Como não pensamos nisso antes, Coral?

– Não sei, mas prefiro quando você me visita à noite!

Rimos juntos, não precisávamos nos tocar para saber que aquilo era quase um abraço, um beijo. Parecia mesmo que, depois daquela noite, nossa relação tinha se transformado em algo concreto, o compromisso entre nós fora selado.

Ele mostrou-me o livro, falava sobre nós. Quando li seus sentimentos, o quão importante foi nosso primeiro toque, nosso primeiro beijo, a primeira vez que ele sentiu meu cheiro, não consegui me controlar e chorei como criança, agarrando-o pela cintura em um abraço. Por mais que essa parte de seu corpo tenha desaparecido no instante em que toquei o ar que ali estava, ele não se afastou. Meu coração explodiu de uma emoção inacreditável ao ler seu amor por mim, um amor que nunca pensei que teria e sentiria.

Foi então que me lembrei do diário que Giacomina me dera, eu havia me esquecido de relatar uma imensidão de informações. A última vez que rabiscara em suas páginas havia sido quando conheci Érus. Precisava escrever tudo para depois mostrar a Érus minhas confidências, para que ele entendesse meu amor, porque se eu lhe falasse, não conseguiria passar todo o sentimento que explodia em meu peito.

– Meu amor, eu preciso ir! Preciso escrever nossa história em meu livro, quero mostrar-lhe, volto logo.

Eu embaralhava as palavras na ânsia de ir encontrar meu livro, de escrever e retornar para a torre.

– Calma, Coral, não precisa ficar tão ansiosa.

Eu lhe enviei outro beijo e saí correndo.

O livro estava embaixo da cama. Escrevia com tanta ânsia que minhas mãos doíam, formavam-se calos em meus dedos. Relatei cada segundo de minha vida com Érus – nossa viagem, os livros que lemos juntos. Esqueci-me de todos os detalhes que ali estavam escritos, somente lembro-me da nossa noite de amor. Essa eu jamais esquecerei, jamais me esquecerei do seu cheiro, do seu calor em minha pele. Estava anoitecendo quando fechei o livro satisfeita e coloquei-o embaixo do braço.

Eu abria a porta da torre quando ouvi o uivo de dor.

XII

Netuno! Onde estava o Netuno? Procurei-o pelo quarto, gritei seu nome. Saí pelos corredores, gritando. Passei pelo quarto da freira, ela rezava, os olhos cheios d'água. Ouvi seus lábios repetirem meu nome, o nome de Netuno, o nome de... Érus!

Eu não conseguia compreender e nem queria. Só precisava chegar a Netuno, encontrá-lo. Ela me viu, pois fiquei parada em frente à porta, sem conseguir mover um único músculo, não estava mais acostumada ao meu corpo neste mundo. Ela aproximou-se, olhando-me como se eu fosse uma assassina e bateu a porta em meu rosto.

Então eu lembrei-me de como se corria, de como se descia uma escada, de como se saía de uma casa e se adentrava em um bosque desesperadamente. Seus uivos de dor se misturaram à voz de alguém que eu ainda amava muito. Mas eu não conhecia aquela voz, não conhecia aquele grito cheio de lágrimas que eu podia ouvir escorrendo pelo seu rosto.

Netuno esperava por mim embaixo da árvore na qual eu o havia encontrado pela primeira vez. Minha mãe estava atirada ao chão, ao seu lado, agarrada em sua barriga, lhe afagando as orelhas e molhando-o de tristeza e saudade.

Ele estava deitado, arfando, o corpo todo tremia. Seus olhos brilharam ao ver que eu aproximava-me gritando seu nome. Eu voltei à Terra, voltei a ser Coralina quando vi as marcas, o sangue, a carne dilacerada. Seu corpo tão frágil, mutilado em todos os lugares, agredido. Era meu Netuno, meu amor, minha companhia mais leal que ali sofria, que ali padecia aos meus olhos, pedindo-me que, ao menos agora, eu pudesse vê-lo como não o via mais há tanto tempo. Ele parecia pedir-me perdão por algo que era minha culpa. Ele parecia esperar minha chegada para poder dizer adeus. E quase não cheguei a tempo; quase não estive presente em seu último olhar, em seu último arfar.

Fui atingida brutalmente por um soco na cara, uma facada no estômago. Voltei para a realidade, caí do meu sonho. Vi que o mundo havia mudado enquanto eu estivera fora e que, nesse mundo, Netuno sentia minha falta; minha mãe, ali sofrendo, sentia minha falta. A saudade deles virou a minha saudade. A culpa queimou minha garganta, minha tristeza destruiu minhas forças de manter-me em pé. Atirei-me para perto dele, pedindo colo a quem eu deveria socorrer. Ele, apesar de minha ausência, de minha indiferença todo esse tempo, acolhia-me, consolava-me enquanto a morte o chamava.

Eu beijei cada corte, cada ferida profunda, sujei meus lábios com seu sangue. Acariciei suas orelhas em seu carinho preferido. Ele parecia sorrir, parecia dizer que morrer valeria a pena por ter-me de volta pelo menos uma última vez.

– Netuno, eu o amo! Desculpe-me, desculpe-me por tudo. Eu não sei viver sem você. Não vá! Não me deixe. Desculpe-me, Netuno! Netuno!

Não conseguia formar uma frase, reter os soluços, as ondas que borbulhavam dos meus olhos, o sangue dele que manchava meu corpo, minha consciência, o choro que explodia da minha garganta e abafava tudo o que eu queria lhe dizer.

Eu respirava tão forte que estava a poucos passos de perder a consciência. Havia tanto o que dizer a meu cãozinho, explicar-lhe os porquês da minha ausência, contar-lhe como eu o amava... Desculpar-me. Nossa conexão era tão forte que eu sei, sei que ele sabia, compreendia tudo. Pois ele perdoava-me, sentia o perdão em seus olhos, o amor que ele sentia por mim, sem nenhum rancor.

Eu senti-me podre, podre por dentro. Eu matei Netuno, não aproveitei cada instante ao seu lado, não o socorri quando ele mais precisava de mim, quando ele havia voltado àqueles que o maltratavam. Ele fixou seus olhos nos meus e disse-me que ele continuaria para sempre ao meu lado se eu voltasse para a minha vida, a vida a qual eu deveria pertencer.

– Eu sei, meu amorzinho! E eu vou voltar, por você, eu vou voltar. Desculpe a demora. Eu sempre me atraso, não é mesmo?

Ele sorriu para mim com a alma e deixei-o ir embora. Eu fechei seus olhos.

Netuno, netuno, netuno... Lembrei-me de todos os detalhes daqueles dias em que eu estive presente em sua vida e na vida de minha mãe. Parecia um sonho há muito tempo acontecido, uma história lida em um livro já perdido no tempo. Aquela árvore na qual o encontrei, debaixo dela sentia a magia de ser feliz com o simples fato de viver a vida, com o simples fato de ter Netuno lambendo o meu rosto enquanto minha mãe cismava com seu nome esquisito. Eu me perdi da minha família. Não era só Netuno que estava morto, eu também estava.

XIII

Voltei para casa e fui lavar-me. Para meu espanto, ao me olhar no espelho, vi um rosto torturado, pálido, magro. As olheiras eram profundas, como se eu estivesse doente, faminta e perdida em um deserto de dor. Então vi que o sangue não era somente de Netuno. Havia feridas, algumas cicatrizadas, outras das quais brotava meu próprio sangue. Pela primeira vez, senti a pior dor que alguém pode sentir. Essa dor segue-me até hoje, ecoando em minha mente. A dor da perda de quem se ama, a dor da perda de si mesma e do que aconteceu nessa vida, enquanto na outra, havia a paixão e a alegria.

Ouvi minha mãe bater a porta, seus olhos verdes ressaltados pelo vermelho do choro que os lavara. Ela bateu-me no rosto. Não precisou dizer uma única palavra para que eu compreendesse seu desespero em ter-me de volta. Eu não estava matando somente a mim mesma, mas a minha família também. Entretanto, o vício era muito mais forte do que a minha força em resistir. E eu voltei para ele novamente.

XIV

– Érus! Netuno morreu!

Ele olhou-me como se soubesse do acontecido. Abraçou o ar para consolar-me.

– Você não vai falar nada? Netuno morreu, Érus! Faça alguma coisa!

Ele sorriu calmo, como um adulto que tenta explicar a morte para uma criança.

– Não há o que se possa fazer, Coral. Ele não vai mais voltar.

Uma ideia me passou pela cabeça e, mesmo que fosse impossível, acreditei nela com toda a minha fé.

– Você é imortal, não é? No seu mundo os seres não morrem! Leve Netuno, Érus! Leve Netuno para lá! Leve-me junto para lá! Podemos morar lá, juntos!

– Não há como levá-los, Coral! Nem você nem ele podem entrar no lago de cristal. Mesmo sendo imortal, não posso conceder imortalidade a quem já morreu. Mas, se você quiser, posso dá-la a você.

Eu não queria nada, só queria Netuno. Saí correndo da torre, fugi para o limbo entre meus universos e nele fiquei por muito tempo.

XV

Quando a raiva passou, quando a tristeza acalmou-se, eu senti uma saudade abaladora de Érus. Esqueci minha mãe, esqueci Netuno, pensava somente em revê-lo. Suas palavras ficaram gravadas em mim. Eu seria imortal, eternamente ao seu lado. O tempo e a sua presença curariam toda a culpa, todas as feridas que meu corpo tinha do meu antigo mundo, pois ali eu era perfeita, completa, sem cicatrizes.

Abri a porta e pude, depois de tanto horror, sorrir novamente. Entrei em um ambiente de paz tranquilizadora. Ele estava lendo, aproximei-me para ler o título. Era meu livro. Ele lia toda a nossa história, todos os detalhes de minha declaração escrita.

Ele sentiu minha aproximação e virou-se. Seu corpo chorava, como daquela última vez, refletia a tempestade. Eu sussurrei ao seu ouvido.

– Érus, perdoe-me. Eu não consegui me controlar. Precisava de um tempo sozinha. Como já havia lhe dito, eu sou sua! Se você puder deixar-me entrar no lago de cristal, quero ser sua para sempre.

Ele beijou o ar.

– Você será eternamente minha e, logo, poderemos entrar juntos no lago de cristal, nas bibliotecas e nos livros. Mas não agora. Não é pelo que você fez que eu estou chorando, não se culpe tanto assim.

– Então, fale-me o que aconteceu.

– Coral, eu a amo muito, não se esqueça disso! Não se esqueça de que você ainda viverá comigo!

– Fale logo! O que aconteceu, Érus?

Seu rosto mostrava desespero, um desespero que se refletia em mim, na minha expressão, na minha voz, no acelerar do meu coração.

– Eu preciso voltar para a minha realidade. Preciso voltar, assim como você precisou tantas vezes e eu a deixei ir. Mas só você pode me libertar dessa torre, Coral!

Eu fiquei possessa. Enlouqueci. Berrei.

– Você me deixou voltar? Só me deixava voltar depois de semanas para meu mundo. Não me contava quanto tempo tinha passado, o quanto meu corpo estava debilitado e o que tinha acontecido lá durante todo esse tempo! Érus, você sempre dizia o quão difícil era deixar-me e, agora, eu lhe digo o quão pior é ter de mandar você embora.

– Eu sei, meu amor. Mas eu preciso ir. Não aguento mais!

Eu sabia que ele não se referia a mim, e sim a mais um de seus segredos. Até mesmo quando contar a verdade lhe pouparia de ver meu sofrimento e minhas injúrias, ele preferiu apenas umas poucas palavras de explicação.

– Liberta-me, Coralina! Rasgue as páginas do seu livro até que não sobre uma única palavra sobre mim e a torre, atire-as na água da fonte. Vá embora antes que elas desmanchem. Volte para sua vida. Logo nos encontraremos novamente. Se precisar entender algo, peça a Bianca, ela sabe mais do que eu mesmo!

Eu não podia ouvir mais uma única palavra daquela voz arrastada de tristeza. Agarrei o livro e, em meio a um ataque de ódio que me cegou, o destruí em poucos minutos. Sem piedade dos gritos de Érus, atirei os pedaços na fonte colorida.

Não consegui retribuir o seu adeus ou olhar pela última vez aquele quarto da torre. Fui-me embora correndo, querendo esquecer tudo e, ao mesmo tempo, com medo de esquecer, agora que não havia mais recordações. Eu mantive algumas páginas, as quais já mostrei neste livro. Como não falavam sobre meu amado e a torre, elas não precisaram ser destruídas.

XVI

Não existe uma medida para marcar o tempo que eu necessitei até me acostumar com minha antiga vida e com meu corpo. Somente voltando para essa realidade é que percebi como estava fraca e como precisava cuidar de mim mesma. Sei que passou muito tempo e preferi não ficar remoendo palavras e juntando peças para descobrir segredos.

Irmã Bianca e minha mãe ajudaram-me a recomeçar. Elas tinham um plano para mim. Entretanto, o vazio que eu sentia dura até hoje. Um vazio que alterou minha personalidade de menina encantada com o voo de uma borboleta, com um pôr do sol e com o latido de um cachorro, para uma menina triste, perdida, reaprendendo a, talvez um dia, ser feliz.

A porta não estava mais lá. Foi depois que as feridas já começavam a cicatrizar que eu me lembrei de que irmã Giacomina estivera presente naquela história. Lembrei-me de sua oração dedicada a Érus e dele mencionando o nome de Bianca – a pessoa que mais sabia sobre seus mistérios. Estava passando pelo corredor e ela sorriu-me cordialmente, depois do que acontecera, tratava-me com pena e carinho. Eu respirei fundo, tomando a coragem necessária para tocar em um assunto que me flagelava:

– Irmã, onde está a torre?

Ela ficou séria e temerosa, como se um viciado lhe perguntasse onde estava a droga. Suas palavras retinham a emoção que seus olhos acusaram.

– A torre nunca existiu.

Segundo Diário

Érus

Por Bianca Giacomina

Primeira Carta

Eles estão na sala em família, Marta lê seus romances, Aurélio fuma cachimbo olhando as filhas brincarem de boneca e os meninos jogam bola. Uma vida perfeita, uma vida de rotina, uma vida na qual se aguentam traições, e cala-se. Eu subo as escadas, tranco-me em meu quarto todas as noites. Durante minha infância, era a minha família que estava na sala a brincar enquanto eu escrevia meus pensamentos, agora é a família de meu irmão mais novo. Uma família que não fazia questão de me receber e, todavia, eu os acolhi. Acolhi também a primeira mulher de meu irmão, ela gostava de mim. Foi-se embora levando um filho no ventre e deixando duas meninas rabugentas. A meu irmão bastou que se fechasse o caixão, e já estava casado novamente. Nasceram dois meninos.

Meu livro amado, único companheiro nessa vida de amargura, decidi começar a escrever os relatos desse tempo que aqui passo. Não de minha vida monótona, recheada de momentos iguais, repetidos, vivida nos mesmos lugares, com as mesmas pessoas, os mesmos cheiros e sons. Quero escrever sobre minha vida imaginária, sobre os sonhos que me libertam dessa agonia e que, por mais estranhos que pareçam, fazem-me a pessoa mais feliz do mundo. Sei que falta algo para me completar, mas sei que é uma questão de tempo até que eu invente esse algo.

Começo o meu novo e mais profundo diário. Espero que possa contar-lhe todos os detalhes criados pela minha cabeça pouco ocupada por problemas mundanos. Digo até que meu corpo está somente cumprindo uma presença nesse mundo. Minha mente já vive em outro universo há décadas.

Que em breve sejamos melhores amigos!

Bianca Giacomina
18 de Setembro

I

Eu nasci, passei minha infância, adolescência e idade adulta nessa casa... Passo agora a velhice. Estou enrugada, cansada, velha, e mais do que nunca sinto as raízes que aqui me prendem. Enquanto minha mente tem sede de decolar, de explorar, meu corpo precisa da solidão e desse lugar repleto de agonia. Eu queria ter o poder de levantar-me, de encarar a vida. Porém, ao olhar para a família de meu irmão, vejo que estou só. O tempo levou todos aqueles que eu amava e eu não construí novos seres que pudessem suprir essa falta.

Em meu mundo de criatividade, nessa alegria e entusiasmo que perpassam meu corpo em descargas de adrenalina, me sinto tão jovem! Sou a mesma Bianca que era quando tinha catorze anos, feliz somente na solidão dos sonhos e angustiada na presença da realidade. Quando esta me obriga a acordar, vejo minhas mãos deformadas pelo tempo, sinto o cansaço esmagador. Contudo, não sei até que ponto eu já não o sentia quando era criança e saía de meus devaneios.

Lembro-me de como ela foi importante em minha vida. A primeira mulher de meu irmão compreendia-me. Vi-a inúmeras vezes com o olhar desfocado no além. Mas sei que seus pensamentos não eram sonhos e, sim, pesadelos. Ela sabia o que a esperava, contou somente a mim, através do tremor de sua voz. Não pensei que doeria tanto descrever o dia em que os seus temores se concretizaram. Então percebo o buraco que ficou perdido em mim, agora cutucado, aberto quando eu vi seu rosto pálido e tranquilo deitado no caixão frio de madeira escura. Meu irmão não chorou. Eu chorei por anos.

II

E Marta chegou em casa, "meu lar", ela sempre frisava. Eu superei a raiva de ver uma mulher tão doce sendo tão rapidamente substituída por um trapo humano. Sabia que por trás de todo o desprezo que me era conferido, Marta temia que eu descobrisse algo horrendo sobre sua pessoa, algo que a faria a mais vil criatura. Ainda me lembro da noite em que ela chegou, abriu a porta e foi logo mandando reformar a casa. Apesar de toda a birra, eu não a deixei mudar nem mesmo um detalhe do meu lar. Por mais que ela tentasse, eu mandava nessa casa e, no dia de minha morte, ela ainda estaria igualzinha ao dia em que eu nasci.

Os anos misturam-se em minha mente, não sei ao certo minha idade ou por quanto tempo duram os acontecimentos e os problemas. Minha vida é uma sequência infinita de dias que se repetem. Vivi uma eternidade com Marta, meu irmão e seus dois filhos. As meninas logo cresceram e casaram-se. Cedo demais para meu gosto, mas Aurélio era um conservador machista e Marta assentia com a cabeça para todas as suas decisões.

Aquela casa era fria. Eu podia sentir o asco de Marta pelo meu irmão, o nojo de beijá-lo. Eu a compreendo nesse aspecto, Aurélio era agressivo, quase violento, traía-a constantemente e seu modo de demonstrar carinho era mordendo-lhe ferozmente o pescoço. Minha repulsa por Marta transformou-se em pena quando compreendi que sua aspereza era resultado de frustrações, de uma vida a qual ela teve de submeter-se.

Uma tarde, eu estava passando pelo corredor e a vi debruçada sobre um livro. Ela chorava aquele choro da perda, do remorso mais profundo. Eu não consegui seguir em frente. Quando dei conta do que estava fazendo, abraçava-a. Ela não resistiu, caiu em meus ombros num pranto melancólico. Parecia que seu corpo tinha perdido a força para sustentar-se, que aquelas lágrimas levavam toda a sua energia.

– Marta? Minha querida, fale-me o que está acontecendo.

Depois que seus olhos secaram e suas lágrimas haviam manchado toda a minha roupa, ela conseguiu acalmar-se.

– Giacomina, não pense mal de mim. Eu sei que tenho sido má, mas é por medo... Tenho medo do que você possa descobrir sobre mim, tenho medo de lembrar-me do que fiz. Eu preciso lhe contar.

– Marta, não se preocupe. Eu não vou julgá-la. Quero o seu bem, confie em mim, quero que consigamos ter uma boa relação nessa casa.

– Eu não gosto do seu irmão, desde o primeiro dia a tratei assim porque achei que vocês fossem iguais. Porém, vejo que você não é como ele, e preciso que me ajude! Preciso que me ajude a esquecer.

Eu fiquei em silêncio, esperando que cada revelação viesse ao seu tempo. Ela mostrou-me um livro, era um álbum de fotografias. Nele havia uma menina muito pequena, seu olhar era uma mistura de melancolia e um brilho de sede de ser feliz; somente em algumas fotos aparecia um jovem sério e carrancudo.

A última delas mostrava Marta sentada segurando a menina no colo, uma das mãos se apoiava sobre o ombro do jovem escorado no respaldo da cadeira alta. Não precisei de suas palavras de dor para entender o que se passava.

– Giacomina, estes são meus filhos. Ou eram, até que os deixei para vir morar com Aurélio. Não suportava mais passar fome, trabalhar horas e horas para sustentar as crianças. Esperei Augusto crescer, arranjar um emprego, e decidi procurar uma vida melhor, mais digna de uma mulher já viúva. Tarsila era nova, podia conseguir uma vida boa, um marido generoso. Precisava pensar em mim naquele momento.

Eu somente assentia com a cabeça. Estava exasperada com tamanha frieza de uma mãe; entretanto, não podia contradizê-la, pois eu nunca tivera filhos, nunca tivera um marido. Somente uma vez tive um homem, uma única noite. Como poderia argumentar sobre algo desconhecido?

– Essas fotos foram tiradas uma semana antes de eu partir, eu já sabia que iria embora e queria uma recordação. Augusto pressentia minha fuga, seu rosto tornou-se rígido em minha presença, ele me odeia. Sinto que me odeia até hoje, mas aceitou bater os retratos pensando na irmã; queria fazê-la feliz uma última semana, um último dia. Creio que Tarsila fingiu não saber de nada quando seu coração já a alertara de tudo, ela era uma menina muito sensível, sabia ler os sentimentos dos outros.

Marta desatou a chorar novamente. Eu a abracei.

– Quero que, se algum dia algo acontecer a mim, procure-a, dê tudo a ela. Queria reencontrá-la, mas não tenho coragem.

Eu assenti, estava chocada demais para falar. Não iria isentar Marta da culpa e dizer-lhe que estava certa nessa história, porque simplesmente não era verdade. Não lhe dei nenhum conforto, apenas a certeza de que ela podia contar com meu auxílio e silêncio. Não havia de confortá-la, e sim os filhos dela é que deveriam ser confortados e reparados pelo amor perdido.

III

Deixei-a soluçando com suas fotos e sua culpa. Fui até meu quarto, deitei-me. Sonhei com ele, meu único amor, meu único homem, minha única noite. Meu pai havia contratado um novo jardineiro e, como eu fazia todas as manhãs, saí ao jardim para apreciar as flores. Entretanto, a partir daquele dia, passei meses apreciando aquele jovem de olhos doces como mel, e sorriso brilhante. Nossos olhares diziam tudo, e ele acariciava as flores como se dissesse que seu real desejo era ter-me em seus braços, fazer-me carícias.

Uma noite, nos encontramos. Tudo aconteceu da maneira mais perfeita que uma menina pode sonhar. Ele me amava, eu pensava que aquilo era amor. Na manhã seguinte, meu pai nos encontrou juntos no bosque. Nunca mais o vi. Nunca mais senti seu perfume de homem e suas mãos fortes percorrerem meu corpo. Fiquei de castigo por anos. Meu pai prometeu que eu nunca me casaria, pois filha que não é virgem não merece o gasto de dinheiro que é um casamento.

Eu não fiquei triste, muito pelo contrário, eu nunca mais amaria um homem que não tivesse os mesmos olhos, o mesmo sorriso e delicadeza do meu jardineiro. Fico grata ao meu pai que não tenha me obrigado a casar com um monstro machista e de barba cortante. Passei a odiar os homens, e amar cada vez mais aquele que jamais poderia ver novamente.

Escrevia sobre meu sonho antes de contar minha história de amor pueril. No sonho, ele voltava para cuidar do nosso jardim. Eu estava grávida e tinha mais duas crianças correndo ao redor das flores. Como éramos felizes! Até que sua barba cresceu, o jardim morreu aos poucos, a doçura em seus olhos tornou-se repugnante. Meus filhos estavam abandonados no bosque. Meu corpo fechava-se em um caixão frio de madeira escurecida.

IV

Não recordo o dia em que aconteceu o inesperado. Aurélio faleceu, ataque do coração. Marta não chorou, parecia louvar aos céus por sua liberdade. Mas as providências a serem tomadas em relação aos seus filhos, essas sim, roubaram-lhe lágrimas dos olhos. Os dois pequenos foram mandados para um colégio interno um pouco antes da idade recomendada. Era preciso que crescessem mais rápido que os outros meninos. Eles tinham de formar-se o quanto antes para poder trabalhar e sustentar sua mãe, que já começava a envelhecer, e sua tia, que já era um poço de rugas.

Lembro-me de que as duas meninas casadas fizeram sua última visita àquela casa no dia do velório do pai. Depois, nunca mais as vi. Provavelmente não se sentiam confortáveis na presença de Marta e não tinham laços assim tão fortes comigo a ponto de sentirem saudades. Penso que era o melhor para elas, já que não havia mais o compromisso de ver seu pai nos feriados, nunca retornar à casa onde perderam sua mãe e que, agora, viam o pai sendo velado.

Assim começou uma nova era naquela casa. Eu, Giacomina, vivi todas as eras que ali se passaram. Esta restava a mim e a

Marta. Sentíamos algo parecido com amizade, não sei definir. Ela confiava em mim, admirava-me, de certa forma, por ter sempre guardado seu segredo e não tê-la julgado. Todavia, intimamente, eu a julguei muito.

Era tudo vazio, como sempre fora. Decidimos contratar uma empregada, pois não conseguíamos arcar com todas as tarefas domésticas. Ela era uma moça bonita, jovem e trabalhadora. Estava sempre com um belo sorriso no rosto, trazendo um pouco mais de alegria a nossa casa. Seu sorriso logo se extinguiu.

Via em seus olhos uma preocupação latente, um medo horrendo. Vi que seu rosto começava a sumir, mas seu ventre crescia cada vez mais debaixo das roupas largas que ela começara a vestir. Percebia-se nitidamente a barriga arredondada quando eu decidi conversar com ela.

– Minha cara, já percebemos o que acontece com você.

– Por favor, Bianca, não me demita! Eu prometo fazer tudo direitinho, prometo que ele não vai atrapalhar em nada.

– Querida, não estou dizendo que vou demiti-la. Quero conversar com você, saber se está bem. Seu rosto nega qualquer alegria.

Ela começou a chorar, o corpo tremia de medo.

– Bianca, como posso estar feliz? Esse bicho não tem pai, e se dependesse de mim, não teria mãe. Eu não o quero, não tenho dinheiro para sustentar a mim, imagine mais essa boca sugando o leite que não existe em meu peito?

Eu fiquei atônita, queria ter obtido uma resposta diferente. Queria que ela tivesse medo de ser demitida, mas que o seu filho amado viesse em primeiro lugar. Deus sabe como é horrível desejar a vida inteira ser mãe, e ver os outros desprezando a bênção de ter um filho.

Não precisei de muitos dias para decidir-me, para ter coragem de fazer uma sugestão que mudaria a minha vida, a da criança, e a da pobre mulher apavorada com a maternidade fora de época.

Ela estava na cozinha preparando o almoço. Entrei, sentei-me à mesa.

– Bianca, o almoço ainda não está pronto. Se você sente muita fome, posso lhe descascar uma laranja por enquanto.

– Sente-se comigo, por favor. Não tenho fome, tenho pressa para lhe revelar minha decisão. Tenho que lhe fazer uma pergunta e espero que não se sinta ofendida.

– Fale!

Ela não se sentou, tinha pressa também em saber do que se tratava. Não quis ter a cautela respeitosa da qual esse assunto necessitava, porque sei que ambas estávamos esperando ansiosamente por essa conversa, e ser polida seria deixá-la sufocando de excitação.

– Querida, gostaria de saber se você quer que eu seja a mãe do seu filho. Eu o amaria muito e lhe daria uma vida maravilhosa.

Sua expressão ficou estática por algum tempo. Depois, o brilho em seus olhos acendeu-se e seu sorriso voltou ao rosto. Toda a sua preocupação sumira junto com as minhas palavras. Eu já deveria ter previsto que uma pessoa assim tão relapsa teria aceitado rapidamente a proposta. Essa mulher desconhecia os deveres morais, desconhecia a culpa. Somente conhecia o sabor da fome.

– Ele é seu, todinho seu! Espero que o ame muito, porque eu nunca conseguiria fazê-lo!

Contei a Marta que logo teríamos um bebê para criar. Ela achou a ideia absurda e fechou-se em seu quarto por dias. Eu acompanhava a empregada por todos os cantos da casa; queria saber como estava meu bebê, colocava a mão sobre a barriga dela e podia senti-lo chutando. Eu sentia-me mãe!

Chegou o dia das contrações, do respirar ofegante. Eu sentia cada dor que ela sentia, estava inteiramente conectada àquela criança como se eu fosse sua verdadeira mãe. E ele nasceu. A empregada levantou-se assim que conseguiu, nem mesmo quis ver seu rosto e fugiu. Aquele menino miudinho em meu colo seria todo meu, seria completamente meu filho! A emoção que essas palavras causaram em mim fez-me gritar durante horas.

– Meu filho nasceu, meu bebê nasceu!

Eu senti que ele fora feito para mim – sua pele branca suja de sangue, seu cabelo negro. Ele era um boneco, o meu bonequinho! No momento em que ele abriu seus olhos, eu soube que ele era único, perfeito. Senti que éramos extremamente conectados, pois, no meu colo, ele sentia-se feliz, em paz.

Quando vi aqueles olhos azuis-marinhos, eu o chamei de Érus. Esse era um nome fictício que desde minha infância usava para designar meu universo.

V

Marta cedeu à ideia quando viu Érus em meu colo. Seus olhos encheram-se de lágrimas e ela o tomou de mim por alguns minutos que pareceram eternidades. Ela o embalava e conversava com ele.

– Érus, meu pequenino! Como você é belo! E esses olhos? Jamais vi olhos tão bonitos como os seus! Sabia que eu já segurei nesses braços quatro filhos?

Ao falar desse detalhe esquecido, ela entregou-me o bebê e caiu num longo pranto. Eu e Érus fomos até ela, entreguei-lhe o pequeno novamente.

– Não, Marta, esses seus braços já carregaram cinco filhos!

Eu sorri para ela. Suas lágrimas entraram pela boca quando ela se abriu em um sorriso. Dividir a maternidade recém-conquistada foi algo difícil de fazer, inclusive sabendo que duas vezes a maternidade já fora renegada por aquela mulher. Todavia, era o certo, porque assim ela se redimiria de um pouco de sua culpa.

Nosso lar encheu-se de amor, de uma alegria contagiante, da energia de uma criança. Marta e eu rejuvenescemos, voltamos à infância, esquecemos os afazeres, as doenças... Pensávamos somente em cuidar do nosso tesouro. Mas Érus cresceu tão rápido. Logo já caminhava, falava, desenhava, e passaram-se os anos. Esquecemo-nos de que éramos velhas. Porém, após algum tempo, nossos corpos frisaram-nos esse detalhe que pensávamos não ser importante.

Como eu já havia notado no dia de seu nascimento, cada vez mais se comprovava que ele era único.

VI

Érus era uma criança solitária, talvez parte disso fosse minha culpa por querê-lo todo só para mim. Ele inventava histórias, lugares, acontecimentos e realmente vivia-os como se fossem reais. Érus tinha um canto em seu quarto onde ficava durante horas conversando sozinho, desenhando e escrevendo.

Decidi que o melhor a fazer era juntar-me a ele nessas brincadeiras. Foi então que eu encontrei o mundo perdido, o mundo que me completaria e que foi inteiramente criado pelo meu filho. Seus desenhos mostravam uma torre de paredes nuas. Seu interior era coberto de estantes cujas prateleiras abrigavam objetos mágicos e inúmeros livros. Havia uma fonte colorida do outro lado do quarto e uma cama branca, macia, que parecia ser feita de nuvens. Sobre ela, uma janela com grossas cortinas pretas deixava passar uma fumaça azulada que invadia o quarto.

Érus mandava que eu fechasse os olhos e imaginasse. Contava-me sobre o que havia detrás da cortina, navegávamos juntos para um planeta que pairava em meio ao universo como um lago de cristal. Era tudo ficção; eu jamais poderia alcançar esses sonhos fisicamente, jamais conseguiria acreditar na torre e no planeta dos livros como meu filho acreditava neles. Ele não parecia ver a realidade ao seu redor, somente enxergava seu universo particular. Marta preocupava-se, queria mandá-lo ao médico. Entretanto, eu acreditei que sua reação era devido ao ciúme, pois Érus somente comunicava-se comigo. Ele não a enxergava como também não me enxergava antes de eu ter entrado na torre, mas não quis contar esse segredo a Marta, não queria dividir o meu novo mundo assim como eu tentara dividir meu filho. Ela distanciou-se, nós não conversávamos mais. Eu raramente voltava dos meus sonhos para o mundo físico, longe de Érus. Uma vez, ela tentou aproximar-se, porém eu queria voltar logo para o lago de cristal e simplesmente fingi não ouvi-la. Ela sofria muito.

Era insuportável ter de sair de perto do meu filho por culpa das minhas necessidades, por culpa do meu sono, por culpa da fome. Para mim, bastaria Érus, sua torre, pairar no universo em frente ao lago... Eu queria fazer parte daquela vida, queria poder atravessar a parede cristalina e refletir imagens, escrever livros, viver para sempre com meu filho em um mundo que combinava comigo. Todavia, algo me assustava no comportamento de Érus. Ele desenhava a mesma menina todos os dias. Ao longo dos anos, os desenhos ficavam diferentes, ela crescia com o tempo, e ele desenhava as mínimas mudanças de seu corpo. Ele escrevia livros como se estivesse escrevendo por ela, assinava por ela. Seu nome era Coralina de Lilá. Érus passava horas falando sobre ela, quando iria conhecê-la, perguntava-me. Eu respondia que nunca ouvira falar dela. Ele ficava bravo, não me deixava entrar em sua mente por um longo tempo, um tempo no qual a agonia tomava conta de mim.

Quem seria Coralina? Será que ela realmente existia? Eu estava fazendo mal para o meu filho não ouvindo à Marta, não o levando a um médico. Eu não aceitava que ele tivesse um problema para não acabar com a chance de eu ter um lugar no qual eu me sentia bem. Acabei tornando-me parasita da doença de Érus. Mas esses resquícios de sanidade me eram roubados pelo desejo de entrar só mais um instante na torre, um eterno instante.

VII

– Ele vê coisas, não vê?

Marta atropelou-me quando eu desci as escadas para poder comer o mais rápido possível. Eu permaneci calada, porém meu transe desfez-se.

– Não finja que não me ouviu! Ele, seu filho, vê coisas?

– Não sei, ele brinca como qualquer criança.

– Bianca, ele é louco! Bianca, isso está fazendo mal a vocês.

– Não fale assim de Érus!

Meu rosto encheu-se de ira.

– Desculpe, eu também o amo. Mas ele está passando dos limites! Não dorme mais, não come. Parece que ele não escuta, não enxerga, não sente o mundo aqui. Você poderia ao menos alimentá-lo!

– Eu faço isso, mas ele não aceita comida sempre.

– E você diz que ele é normal? Pelo amor de Deus, Bianca! Érus saiu de casa à meia-noite para passear no bosque, eu o segui. Ele perguntava para as árvores onde estava uma tal de Coral. Passou a noite inteira atrás dela.

– Deve ser uma amiga imaginária. Pare de incomodar a criança! Olha quem fala, abandonou dois filhos e quer dizer como se educa o meu.

Eu fugi. Não queria ouvir a dor que sairia em forma de choro, de gritos, de soluços. Eu não queria machucá-la, mas quando se tratava do meu Érus, eu faria qualquer coisa para defendê-lo.

Naquela noite, decidi perguntar a ele algo que estava martelando em minha cabeça. Quando estávamos pairando no universo, olhando o lago de cristal, ele sentado em meu colo, sussurrei.

– Meu amor, o que eu devo fazer para vir morar aqui, para atravessar o lago e chegar a seu mundo?

– Então você acredita, mãe? Você realmente vê?

Seus olhos iluminaram-se, sua alegria era tão forte que eu podia sentir as vibrações por sua pele.

– Eu acredito, meu pequeno. Consigo ver, mas só quando me concentro muito. Eu gostaria de poder estar sempre aqui.

– Mãe, você aceita morar em meu mundo por toda a eternidade, para nunca nos separarmos, para ter sempre você aqui cuidando de mim? É horrível quando você vai embora, sinto-me desprotegido, não posso ver onde você foi e se vai voltar para mim...

– Meu amor, se eu soubesse de algum modo para que eu pudesse nunca deixá-lo eu já o teria feito. E, obviamente, o meu maior sonho é morar no lago de cristal com você!

– Tem um jeito, mãe... Confia em mim?

– É claro! Como?

– Fique quieta mamãe, não vai doer. Logo estaremos para sempre conectados, e sua pele vai refletir as águas, ou o fogo, ou a terra.

Eu me calei, estava ansiosa, senti suas mãos acariciarem de leve meu pescoço. Fiquei pensando que faltavam poucos segundos para eu estar perto da vida que sempre desejei, e nunca mais deixar meu filho, nunca mais deixar aqueles olhos azuis-marinhos.

Eu não conseguia respirar direito, as mãos de Érus faziam muita força, mas continuavam a me acariciar. As mãos faziam mais força, e o ar sumia por um longo tempo. De repente, o ar não vinha mais, suas mãos esmagavam-me. Eu debatia-me no chão, tentei tirar suas mãos educadamente, não queria ofendê-lo... Começava a enfraquecer, era impossível ir contra aquela força que me esmagava, me sufocava.

– Bianca!

Eu ouvi meu nome, Marta entrara no quarto chorando. Ela lutou com as mãos de Érus até conseguir libertar-me. Tudo ficou escuro e silencioso, somente ouvia o arfar dos meus pulmões. O ar é o melhor presente que podemos ganhar. O ar é vida, e salvou a minha assim que consegui tê-lo de volta.

VIII

Eu estava deitada em meu quarto. A porta estava trancada, Marta estava em pé diante de mim.

– Você está bem?

Sua voz era seca e fria.

– Estou.

– Para mim já chega, Bianca! Eu não vou ficar aqui esperando a sua loucura e a de Érus sufocarem-me como você foi sufocada ontem à noite!

Ela apontou para as malas ao lado da porta.

– Meu filho mais velho já está aqui, veio buscar-me. Vou morar com ele e sua esposa.

– Marta, não vá agora, eu preciso de você!

– Ontem, você deixou bem claro que não precisava! Eu não vou mais dar conselhos, você já sabe minha opinião. Érus é louco e você está perdendo sua sanidade junto com ele!

Seu desprezo e ira deram lugar a um ar cansado.

– Muito obrigada por todos esses anos e por nossa breve amizade, Bianca.

Ela saiu batendo a porta. Pude ouvir o barulho dos pneus do carro roçando o cascalho lá fora.

O vício pelo meu filho era mais forte do que nunca, apesar de todo o estrago que ele fizera em meu corpo e em minha mente. Sonhei com a torre, com seus olhos, em como eu seria se pudesse chegar àquele mundo. Perguntei-me como seria o Érus do lago de cristal e o que refletiria ele em seu corpo.

Tranquei-me em meu quarto. Ver Marta, a última parte de minha família, deixar-me, fez com que eu tomasse uma atitude de destruição de sonhos e prazeres. Condicionaria-me, pela primeira vez em minha vida, a viver a realidade, a aprender a amá-la, se não tanto, pelo menos a acostumar-me com ela... Justo agora que eu estava tão perto de realizar meus desejos de um universo fictício, eu teria de ser forte pelo meu filho, para também salvá-lo dessa bolha. Eu não poderia provar nem mais uma gota dessa droga, pois se não meus planos iriam por água abaixo. Precisava salvar Érus, ele iria detestar-me, mas tudo seria para seu próprio bem, assim como ele acreditou que a morte de meu corpo seria um bem à minha alma.

IX

Os enfermeiros subiram as escadas com a maca. Eu não queria que fosse daquela forma, porém o médico convenceu-me dizendo que era a única maneira de curá-lo. Eu queria que ele apenas fosse medicado e eu pudesse tê-lo em meus braços todos os minutos. Agora ele estava sendo levado de mim, levado para o horror. Não era sua culpa se ele era diferente, não era sua culpa se ele tentara ter-me para sempre em seu mundo.

– Quem são eles, mamãe?

Um segundo de sanidade o invadiu no momento mais inapropriado, e ele pôde enxergar os enfermeiros, a maca, a agulha da seringa.

– Meu amor, você está doente. Eu queria poder tê-lo aqui comigo, mas o médico disse que é grave.

– Mãe, por que você está fazendo isso comigo? Foi você quem pediu para ver meu mundo, foi você quem disse que acreditava nele. Por que você está me traindo?

– Nunca o trairia. Isso é para o seu bem, você está doente.

Seus olhos azuis-marinhos penetraram-me.

– Você sabe que eu não fico doente, meu corpo não tem importância para mim. Fale a verdade. Por quê?

Não poderia dizer a verdade, pois ela iria expor minha própria loucura. Também não seria justo com meu filho, ao qual eu havia confidenciado poder ver o lago de cristal, negar aquele mundo. As palavras que saíram de minha boca eram a minha preocupação, entretanto, o menor dos problemas da loucura de Érus.

– Você enxerga uma menina, não? A Coralina, não é mesmo? Ela não existe, Érus. O médico acredita que isso seja uma doença.

– Coralina existe, sim! Eu a vejo, mãe! Por favor, mãe, eu a vejo!

Ele começou a desesperar-se, chorava, derrubava os móveis ao seu redor. Érus estava tão agressivo. Os enfermeiros o seguraram fortemente, machucaram seus braços. Eu não aguentei, as lágrimas escorriam pesadas pelo meu rosto, um grito ficou sufocado em minha garganta, e eu assisti à dor de meu filho, calada, como quem assiste à dor alheia.

Deram-lhe uma injeção e colocaram-no na maca, levando-o para longe de mim. Eu só poderia visitá-lo dali a alguns meses. Durante todos os dias e noites desse longo período, eu pensava em meu filho, no modo como o estariam tratando.

Segunda Carta

Eu me lembrava de seu olhar azul-marinho cravado no fundo de minha alma, acusando-me de traição, mostrando a decepção, transparecendo o puro sofrimento. Eu fora a culpada por tudo! Não havia como reverter a situação. Eu estava sozinha, a consciência pesando toneladas. Eu era a louca, eu não soubera conter meu filho. Eu o instigara a cometer um crime. Toda a magia de um mundo secreto desapareceu, toda minha personalidade expirou diante do silêncio e da solidão daquela casa, diante da distância do meu Érus.

Então chegamos ao dia de hoje, que espero ser um divisor de águas, uma nova luz no meu horizonte e no do meu amado. Dentro de algumas semanas vou reencontrar meu filho, muito antes dos prazos estabelecidos pelos médicos. Eu decidi tornar-me freira.

Dois motivos fizeram com que me unisse à Igreja, que eu sempre contestara. O primeiro era poder cuidar de Érus, pois somente as irmãs podem cuidar dos loucos e permanecer dentro do sanatório; o segundo, e talvez mais importante, é descobrir o Senhor e perguntar-lhe os motivos dessa tamanha infelicidade em minha vida, pedir-lhe perdão. Eu preciso d'Eles, de Érus e de Deus!

Muito obrigada, meu livro, por me ouvir e guardar essas confidências de uma mãe. Uma mãe que pecou mais do que qualquer outra.

Irmã Bianca Giacomina
17 de abril

Terceiro Diário

Coralina de Lilá

Por Bianca Giacomina

Primeira Carta

O passado me atormenta, a solidão me consome, meu desespero me faz passar as tardes inteiras em busca dos segredos daqueles que já habitaram essa casa em outros tempos, tempos nos quais eu estivera presente apenas fisicamente. Quando a Madre dispensava-me do trabalho no sanatório, eu não tinha outras atividades a não ser ler os documentos e cartas em minha casa esquecidos.

Foi em uma dessas tardes que encontrei um álbum antigo de fotografias. Ao primeiro olhar, um turbilhão de memórias acometeu-me. Lembrei-me do rosto de Marta repleto de lágrimas, de meu irmão, da minha infância. Lembrei-me de que tivera, sim, uma vida, somente não conseguira perceber isso antes. Lembrei-me, principalmente, do dia em que entreguei meu Érus, naquela época tão pequenino, aos braços de Marta. Ela sofreria tanto vendo seu estado agora, ouvindo as loucuras que saem de seus lábios. Um jovem tão belo, mas tão doente...

Meu caro livro, ao ver aquelas fotos dos filhos que Marta abandonara, recordei-me de minha promessa de que eu os ajudaria. O jovem certamente não precisaria mais de mim, porém tenho certeza de que a menina, já mulher, deveria ter uma imensa curiosidade a saciar a respeito de suas origens e de sua família. No verso do álbum, encontrei um endereço.

Tarsila demorou muito tempo para responder. Disse-lhe que eu precisava de ajuda. Não menti – agora que perdi a todos, descobri a importância de se ter uma família, e sei que ela também sente essa necessidade de amar alguém. O tempo passou, pensei que ela nunca viria.

Alguns anos depois, recebi uma carta. Tarsila perguntava-me quando poderia chegar e se havia um quarto para sua filha. Coralina era seu nome, a menina que fora a culpada de tudo, a culpada da loucura de meu filho! E eu a teria em minhas mãos. Poderia lhe mostrar todo o sofrimento que ela causou-me.

Não me julgue, meu amado livro. Aqui vão apenas alguns relatos de meus sentimentos antagônicos por essa jovem e dos acontecimentos que rechearam essa casa sem vida.

Irmã Bianca Giacomina
10 de novembro

I

Quando Tarsila respondeu à carta, contou-me da morte de seu marido, dizendo não saber quando viria e se algum dia minha proposta a interessaria. Declarou que não tinha coragem de ter uma revelação sobre a mãe, ela fora um trauma em sua vida. Senti tanta dor em suas palavras, percebi que a caligrafia saíra trêmula.

Um longo período após essa carta, recebi outra repleta de ansiedade. Tarsila queria mudar-se o mais rápido possível para cá. Disse que precisava de uma família, pois não gostaria que sua filha crescesse na mesma solidão que ela teve que enfrentar. Além do mais, ela queria descobrir os segredos perdidos de sua mãe, entender os motivos pelos quais ela a abandonara.

Essa resposta deixou-me contente, ter companhia e cumprir minha promessa a Marta fez sentir-me plena. Mas algo mais estava escrito na carta, algo pelo qual eu não esperava, algo que à primeira vista despertou em mim um desejo absoluto de vingança. Coralina, Coralina de Lilá... era esse o nome que atormentava meu filho, que aparecia em todos os seus desenhos, em todas as suas histórias. Fora ela a bruxa que condenara meu Érus a essa existência vil; e que agora eu descobria ser a filha de Tarsila.

Meu plano estava arquitetado, eu só precisava de tempo até provar aos médicos que ela era a verdadeira louca e então meu filho poderia se ver livre daquela prisão. Ela estava chegando para morar sobre o mesmo teto, no mesmo quarto em que meu filho dormira. Eu respondi à Tarsila que viessem rapidamente, pois devido aos meus graves problemas de saúde, precisava de ajuda.

Eu tinha certeza que era ela. Todavia, precisava ver seu rosto e compará-lo aos desenhos de meu Érus para ter a absoluta verdade em minhas mãos. A chegada de Coralina demorou uma eternidade, um tempo no qual eu planejava seu sofrimento.

II

Os pneus roçavam no cascalho molhado. O dia estava fúnebre, mas meu coração era repleto de fogo. Deixei a porta entreaberta e sentei-me no sofá, meticulosamente, à sua espera. Elas demoraram até mesmo para estacionar o carro e retirar as malas, acredito que mãe e filha discutiam.

Tarsila entrou pela porta carregada de bagagem, era uma mulher muito bonita.

– Querida Tarsila, chegaram tão cedo!

– Desculpe-me, irmã! Não queria lhe causar transtornos, mas eu estava ansiosa por chegar.

– Não se desculpe, meu anjo! Você é minha família agora. Não pensa que eu não estava também ansiosa para conhecê-la?

Abracei-a levemente.

– Irmã, posso tomar um copo d'água antes de colocar as malas em meu quarto?

– Sinta-se à vontade, Tarsila.

Foi quando eu ouvi seus passos aproximando-se. Ela entrou em casa carregando uma mala. Coralina era uma menina como qualquer outra, era jovem, tinha uma pele fresca e cabelos curtos e ruivos, como os meus outrora. Seus olhos eram verde-oliva, curiosos e impacientes. Sua expressão demonstrava desconfiança e agressividade. Era essa a menina que eu tanto havia esperado.

Percebi que seus olhos fitaram longamente os meus, tentaram ler-me. Entretanto, Coralina não sabia que era eu quem a estava lendo e estudando. Se ela queria brincar comigo, que começassem logo os jogos.

– O que você pensa de minha torre?

Eu tinha que saber se ela podia ver, se ela sabia do que eu estava falando.

– Ela não combina com a casa, irmã.

Como foi ingênua Coralina. Respondeu-me que sabia de tudo ao admitir poder ver a torre, mas fez-se de desentendida quanto ao resto dos problemas. Naquela noite, fui avisar meu querido de que sua Coralina morava em nossa casa. Ela havia chegado finalmente, em um tempo que não mais se podiam reverter os estragos feitos.

Érus não dormiu, um ataque de repulsa o invadiu. Eu tive de sair da sala e ele foi colocado em isolamento por alguns dias. Meu querido Érus sofreu tanto por saber que a Coralina traidora que o colocara nessa situação tivera somente agora a decência de aparecer. Pobre Érus, essa menina pagaria por cada lágrima que ele derramara.

III

Eu precisava vigiá-la, sentia uma vibração em seu corpo. Ela não conseguiria dormir aquela noite, os sonhos sobre a torre a acordariam. Eu já conhecia os sintomas, já os vivenciara em outra época. Minha raiva dissipava-se quando eu cruzava com seu olhar de menina perdida. Coralina talvez não soubesse de nada do que acontecera, talvez nem mesmo conhecesse Érus. Mas eu tinha que ficar alerta, desconfiar de cada ação. Não seria possível meu filho saber tanto sobre ela, e ela nem ao menos sentir que sua mente fora visitada.

Vê-la entrando na torre, na mesma torre onde eu pegara meu Érus no colo, a mesma torre que só me era visível raramente, quando a concentração absoluta fazia meu cérebro doer, era insuportável. Ela teria livre acesso a esse mundo que outrora fora meu. Pior do que isso, talvez pudesse conhecer o lago de cristal e conhecer Érus na sua forma verdadeira, na forma que ele acreditava ser real. Ela teria todos os meus antigos desejos e mais privilégios do que eu tivera. Coralina roubaria Érus e meu mundo dos sonhos! Esses pensamentos assomavam-me quando eu olhava para ela, meus olhos queriam fuzilá-la.

A você confesso todos os horrores, meu caro livro. A minha vingança era muito mais pelas posses que eu perdia do que pelo sofrimento de Érus. Ver aquela menina que não desejara nada tanto quanto eu, pois eu desejava desde o início de minha vida aquele universo, roubar de mim todos os sonhos e oportunidades, rachou meu ser, rachou minhas esperanças. Porém, quando fui até o quarto de Coralina liberar um pouco do ódio contido, senti que meus olhos adoçaram, que minha voz ficou temerosa e aveludada, que meu corpo teve uma reação de pena e proteção para com aquela menina que se parecia tanto comigo. Foi duro admitir isso, mas ao olhar seus olhos perdidos e curiosos, eu me vi nela. Coralina era uma nova Bianca. Quis alertá-la do perigo, mas era muito difícil manter essa postura com ela, pois a raiva logo voltava e eu tinha que deixá-la rapidamente, tamanha era a ira que me invadia nesses momentos.

Coralina tinha uma pureza que me encantava, que contradizia todos os meus piores sentimentos e me deixava sem reação, sem saber o que pensar sobre ela e sem entender o que eu realmente sentia. Meu coração passou a ser tomado por momentos de raiva latente e compaixão simultânea, o que fez com que as incertezas congelassem meu sangue e me tornassem uma pessoa fria e amarga. Será que eu já era assim antes e somente agora percebia esses defeitos pelos quais eu sempre senti repulsa?

Eu estava tão confusa. Precisava, mais do que punir ou acolher Coralina, estudá-la cientificamente. Eu tinha que descobrir até que ponto Érus podia penetrar nas nossas mentes, até onde a transformação ocorreria. Deus não me fornecia respostas. Talvez essa menina, sofrendo o mesmo que eu sofrera, pudesse me trazer alguma informação sobre esse grande mistério.

Analisando friamente, deixá-la à própria sorte, sem alertá-la sobre os riscos, tornava-me cruel. Alguns momentos iluminaram-me e fizeram-me querer ajudá-la. O primeiro deles foi quando lhe entreguei o livro, um conselho que agora eu mesma executo. Eu me perdi naquela época e não havia bote salva-vidas ao qual pudesse recorrer. Coralina teria um se seguisse minha dica, se utilizasse meu presente, um presente que me redimia de grande parcela da culpa.

IV

Nunca vou esquecer aquele dia. Todos os momentos que passávamos juntas naquela casa eram de extremo silêncio. Eu acreditava que, talvez, mãe e filha temessem a mim. Grande sorte eu teria se essa fosse a verdade, porque o medo traz o respeito. Somente a mãe temia meu desconforto, o olhar de Coralina tinha um brilho cínico em sua quietude. Como escrevera antes, nunca vou esquecer-me daquela refeição interrompida por perguntas indiscretas, nojentas e ambiciosas de uma menina metida e repugnante.

Eu fingi surpresa, fingi que não a compreendia. Tarsila ficou consternada. Então eu disse algo sobre "adorar perguntas inocentes de jovens". Inocente, que nada! Ela mesma respondeu, a voz engrossou em confronto.

– Minha pergunta não tem nada de inocente.

Eu mantive minha tranquilidade e paciência de freira que quer evangelizar o próximo, trazer uma jovem rebelde para o caminho da luz! Porém, ela prendeu-me em minha própria armadilha, fez-me voltar ao passado.

Eu detestava religiões, mitos, lendas... Não precisava de nada daquilo para acreditar em algo maior, para sentir o outro universo dentro do meu ser. Era exatamente essa a opinião de

Coralina. Ela afogou-me em meus preconceitos sobre ela. Suas ações eram repugnantes, a meu ver, porque me faziam voltar a mim mesma anos e anos antes – antes de Érus, antes da dor, antes da escolha por fechar a minha mente em um mundo de regras incontestáveis porque somente assim eu seria salva do vício.

Foi então que ela perguntou o que eu mais temia.

– Você acredita n'Ele?

O que responder? Que antes de ser freira eu acreditava na magia pura da vida e agora sou ateia?

– Eu não sei no que eu acredito.

Eu desabei interiormente. Queria gritar para Coralina parar de torturar-me. Mas eu estava enfeitiçada por voltar à Bianca jovem, aos meus pensamentos de outrora, e a segui quando ela puxou-me pela mão.

Os cabelos ruivos assim como foram os meus, o jeito que desafia o mundo, pois não teme nada – a morte só é física. Eu me deixei levar, íamos bosque adentro. Tanto tempo que não entrava ali. O cheiro das plantas, a umidade, os sons, o vento delicado. Eu me lembrei dele, do meu jardineiro.

Quando ela me mostrou a magia da vida dentro do bosque que sempre amei, eu desmanchei. Ela me conquistou, éramos a mesma pessoa. Onde estava a verdadeira Bianca agora, onde foi parar? Abracei-a tão forte na esperança de me reconhecer novamente, de talvez fundir-me a Coralina, à minha juventude. Fui embora, quis esconder-me. Durante muito tempo fiquei reclusa em meus aposentos, pensando, chorando de saudades de um eu que não existia mais, de uma certeza que já havia passado.

V

Fui visitar Érus. Sabia que ela não resistiria a entrar na torre. Observei-o durante o final de semana. Sua atenção estava focada na porta da torre, esperando que ela subisse as escadas. Ele não podia mais vê-la desde que ela chegou a nossa casa. Mas tentava enviar-lhe mensagens, não me contou como elas eram.

Seu sentimento de vingança, sua repulsa por aquela menina que o fizera sofrer tanto, que o fizera doente, tudo desapareceria quando ele a visse. É duro ter de admitir, e lágrimas brotam em meus olhos quando eu escrevo isto, mas meu Érus é apaixonado por ela. Coralina foi sua única companhia de infância, foi a única mente à qual ele teve livre acesso. Acredito que aquela mente deveria ser recheada de opiniões e imaginações que serviam como alívio e consolo para meu filho. Eles eram muito parecidos. Eu invejava tanto essa conexão imutável e eterna, um laço que nunca seria rompido entre os dois. Nunca soube de onde isso surgiu, ou se alguma vez esse fenômeno complexo já ocorreu a outras pessoas. Somente sei que Érus tinha um poder enorme para atrair mentes que estivessem dispostas a encarar a "realidade", como ele fez comigo. Entretanto, Coralina devia possuir também algum dom, para que aquela relação de magia existisse entre eles. Eu não sei explicar, essas são apenas teorias que crio para conformar-me de que esse lugar não me foi tomado por uma menina tola e, sim, por alguém que o merecia mais do que eu. Porém, momentos de compreensão como esse me eram raros. Meu sangue se tornava lava quando eu chegava perto dessa ladra de uma vida que deveria ser minha. Uma ladra da felicidade e sanidade que deveriam ser de meu Érus. Coralina já começava a ser punida desde o instante em que sonhou com a torre pela primeira vez.

VI

Eu estava com Érus quando ela finalmente entrou na torre. Era a madrugada do dia em que eu voltaria para casa. Eu torcia para que ela entrasse logo, queria vê-la sofrer, queria vê-la mentindo. Assim, poderia odiá-la ainda mais, e abolir os sentimentos bons que ainda sentia em relação àquela menina maldita.

Érus conversava comigo normalmente, então seus olhos ficaram vidrados, ele não respondeu. Entrou em um coma profundo. Ela já o estava roubando de mim, e ele se deixava levar tão fácil. Talvez ela tivesse uma força sobre ele assim como ele a tinha sobre ela, teoria que descobri mais tarde ser verdadeira.

Ele não acordou até a hora de eu ir embora. Quando cheguei em casa, Coralina estava na cozinha. Ela ficou perturbada com minha reação quase diabólica diante de seus atos proibidos, um sorriso leve e traiçoeiro. Queria que ela soubesse que jamais brigaria com ela, e, sim, que eu estava gostando de assistir ao espetáculo de sua desobediência.

Senti que sua preocupação desfez-se, ela acreditou que eu era ignorante. Acreditou que eu a deixara ficar justamente no quarto com a entrada para a torre. Hoje, ela sabe que não importava o quarto, a entrada da torre seria onde ela quisesse que fosse.

VII

Ainda revi meu Érus uma última vez acordado. Coralina ainda não tivera acesso a ele, somente estava encantada com a torre. Quando eles se encontrassem pela primeira vez, Érus não voltaria mais. Entraria em seu mundo, em seu coma.

Naquela noite, eu o vi adormecer profundamente. Ele sorria um riso tão puro – como essa menina o iluminava, o deixava calmo! Olhei ao redor. Em seu quarto havia desenhos de Coralina por todas as partes. Vi Coralina beijá-lo, Coralina olhando o céu estrelado, Coralina adormecida, Coralina chorando, Coralina acariciando Netuno, Coralina nua... Vi desenhos que, presumo, eram as ideias e pensamentos de Coralina. Encontrei um livro na cabeceira de sua cama. A letra não se parecia com a sua. Somente agora descobri que essa caligrafia pertencia a Coralina, até mesmo sua letra ele conseguia reproduzir. Peguei esse livro e o levei para casa, para lê-lo antes de dormir. Páginas e páginas sobre tudo o que ela pensou. Meu Deus, como ele poderia ser assim tão doente por Coralina de Lilá?

Para meu desespero, vi desenhos já prontos, guardados em uma gaveta, esperando para serem pendurados na parede quando chegasse a hora – Coralina no lago de cristal, Coralina no mundo dos livros, Coralina e Érus de mãos dadas. Pude então descobrir como era a verdadeira forma de meu Érus e como seria a forma dela. A forma que deveria ser minha, o lugar que deveria ser meu. Como ela pôde, como ele pôde fazer isso comigo? Naquele momento eu desejei ser Coralina mais do que qualquer outra pessoa no mundo.

Colei os desenhos na parede, pois sabia que Érus não estaria ali para fazê-lo. Tranquei a porta. Não voltei por um longo tempo àquele quarto. Porém retornava frequentemente ao sanatório e ficava em frente à porta, sem coragem de entrar, sem coragem de ver como estaria sua energia, sua expressão.

As enfermeiras contaram-me que algumas vezes ao longo dos meses ele acordava para comer, tomar banho. Mas ele não enxergava ninguém ao seu redor, chegava a bater-se nos móveis como um cego. Outro motivo pelo qual eu não tive coragem de entrar foi porque eu não conseguiria ver os novos desenhos colados nas paredes ou guardados na gaveta da cômoda. Coralina estaria cada vez mais nítida, e meu filho mais viciado.

VIII

Não era somente Érus, Coralina também não existia mais naquela casa, isolava-se em seu quarto. A porta estava sempre trancada, não acordava por longos períodos. Tarsila a alimentava e dava-lhe água, banhava-a uma vez por semana.

Comecei a sentir remorso quando vi aquela cena. Me senti em um velório. Tarsila lhe contava histórias sussurrando como se Coralina fosse uma criança que não conseguisse dormir, mas já morta há tempos. Ela penteava seus cabelos e trocava sua camiseta suja de comida, a comida que ela forçara garganta abaixo pela boca da bela adormecida.

Sentia a tristeza e decepção de Tarsila, uma mãe que perde a filha para o vício, um vício desconhecido, uma doença desconhecida, um medo nunca sentido. Ninguém sabia o que ela tinha. Drogas? Bebida? Depressão? O que teria sua filha? O que seriam aqueles longos tempos em coma? Ela estava desesperada, começava a sentir raiva de Coralina por fazê-la sofrer tanto. E aquele cãozinho passava os dias ao pé da cama, esperando ela acordar.

A culpa me dilacerava, eu destruí essa família, destruí Tarsila e destruí aquele pobre animal. Querendo atingir Coralina, atingi a única companhia que eu tinha, uma mulher tão boa e pura. De repente, dei-me conta de que Coral era inocente.

Ninguém que fosse louca e tivesse tirado a sanidade de meu filho passaria mal e não saberia dos perigos que corria. Ela estava fraca, estava matando seu corpo aos poucos. Era possível ver a magreza nítida, a pele envelhecida. Coralina era inocente. Érus era o culpado e eu era mais culpada ainda por errar o foco de minha vingança.

Eu passei a ajudar Tarsila desde então, passei a dividir sua dor e a orar por Coralina. Na verdade, orava por perdão. Eu era a verdadeira louca.

IX

Foi quando ela acordou. Passei pelo seu quarto, ouvi a caneta riscar as páginas do livro. Ela devia ter usado muito pouco o diário que eu a presenteara, mas agora era tarde demais para tentar corrigir as distorções que a torre já devia ter causado em sua memória. Queria esmurrar-lhe a cara por não ter seguido os meus conselhos, talvez ela não estivesse assim se sua vida estivesse registrada naquele livro. Fiquei com raiva, ela não deveria ter feito sua mãe passar por tudo aquilo. A culpa era dela de não ter seguido meus conselhos. Podia sentir-me livre do remorso atirando o erro aos ombros de Coralina, o erro de não ter escrito suas memórias antes que elas começassem a se confundir com os sonhos.

Pobre Netuno. Fazia dias estava desaparecido, creio que fora buscar os antigos donos. A tristeza daquela casa era difícil de suportar, eu fugiria também se pudesse. Porém, seu uivo ecoou no bosque. Tarsila saiu correndo de casa – Netuno representava tanto para ela, o único companheiro naqueles tempos.

Coralina pareceu, pela primeira vez desde que vira Érus, voltar à realidade. Infelizmente, nosso amigo canino teve de sofrer para trazê-la de volta. A culpa que batia em seu coração, misturada à saudade da Terra a sufocou. Eu não presenciei a cena, mas senti a respiração pesada, vi as lágrimas escorrerem de seus olhos, tão grossas e silenciosas. Vi a bofetada que Tarsila deu em seu rosto. A bofetada que deveria tê-la feito desistir de continuar com aquele mundo paralelo.

Eu sei o que ela sentiu, era impossível deixar Érus, o lago de cristal. Ela retornou ao coma, mas por poucas horas. Ao acordar, rasgou cada página, cada palavra sobre suas memórias fictícias. Guardou apenas uma folha sobre o início de sua jornada, quando ela ainda era Coralina de Lilá.

X

A magia foi-se embora. Ficou o vazio latente no peito, a angústia, o desespero de nunca mais conseguir sorrir... O vício nos marca para sempre, nele nos perdemos e nunca mais conseguimos nos encontrar. Eu percebia que Coralina queria voltar à realidade, voltar a ela mesma. E a culpa era minha, minha! Eu matei Bianca Giacomina, eu matei Coralina de Lilá!

Precisava reverter o erro. Chamei-a para conversar em meu quarto, queria contar-lhe toda a minha culpa. Foi assim que tive a ideia de emprestar-lhe esses dois pequenos relatos de minhas memórias. Tanto sobre Érus como sobre ela mesma. Queria que meu coração pudesse desfazer-se um pouco do peso que o reprimia. Dei-lhe os dois relatos. Abri minha mente para ela, para dizer-lhe como éramos parecidas e como eu tinha matado a nós duas.

Ela esboçou o máximo que conseguiu de um sorriso quando lhe entreguei essas páginas. Este capítulo escrevi depois que ela devolveu o livro. Quando ela o fez, tinha um olhar resoluto. Ela não sentia raiva de mim, nem amor, nem nada. Seus sentimentos sobre mim eram nulos, indiferentes. Nunca vou esquecer suas palavras de agradecimento.

– Quero lhe agradecer por ter sido sincera comigo, Giacomina. Gostaria que você soubesse que eu jamais havia sonhado com torre alguma e com Érus antes de chegar a essa casa. Eu não sabia que ele tinha tão grande poder sobre mim. Eu juro. A culpa por seu filho ser doente não é minha, jamais faria isso a alguém. Entretanto, você e seu Érus destruíram-me, dilaceraram a minha vida. Nunca mais serei eu mesma de novo, nunca mais conseguirei dormir sem sonhar com o lago de cristal ou com o sol em seus olhos. Mas agora preciso de sua ajuda para tentar recuperar-me. Inspirei-me em seu tratamento e também acho que essa seja a melhor alternativa para mim. Quando posso começar?

Eu fiz tudo o que ela pediu. Tornei-me doce com Tarsila e Coralina como uma avó que tenta reconciliar mãe e filha para tornar sua casa um lar. Por que fui tola de somente agora, depois do caos, ter feito a tarefa que era minha obrigação desde o início? Ter uma família.

Ao ver as olheiras profundas e ouvir os gritos de dor de Coralina durante a noite, não pude hesitar em tentar ajudá-la a melhorar. A abstinência dos primeiros tempos era ainda pior do que o vício. Seu corpo estava fraco e mutilado. Ela não conseguia dormir nem comer. Porém, dentro de semanas tudo iria melhorar e ela voltaria, aos poucos, a viver. E eu daria minha vida para vê-la sorrir novamente.

– Desculpe-me, Senhor, por todos os meus pecados...

Foi a primeira vez que rezamos juntas.

Quarto Diário

A Nova Irmã

Por Érus

Primeira Carta

Este já é o quarto livro que escrevo, mas o primeiro em que ela é real. Sabem, minhas queridas páginas, o quanto eu pensei sobre ela todo esse tempo, o quanto a desejei. Ela era ainda melhor do que eu imaginara. Era ainda mais fácil penetrar em sua mente, descobrir cada pensamento seu.

Escrevo este livro tantos anos depois de meus sonhos dissolverem-se, tornarem-se impossíveis. Ela foi a única pessoa real para mim, a única que eu consegui verdadeiramente tocar e compreender. Coralina é um pedaço de mim, nasci já amando-a e já necessitando de sua mente, de seu calor, de seu amor como única forma de conexão com o mundo exterior.

Anoto as memórias de nossa vida juntos, nossa vida de múltiplas formas, pois nossa conexão transcende o físico e chega aos sonhos, ao lugar onde todas as fantasias acontecem.

Espero ser o mais fiel possível para contar a minha primeira história verdadeira, a história que eu senti em minha própria pele, se é que tenho uma. Tenho a certeza de que tive Coralina e essas páginas possuem um breve relato de como eu a amei.

Parte dessa história já é conhecida por minha Coral, mostrei-lhe uma vez na torre, queria entregar-lhe meu amor por meio das palavras. Mesmo sendo meu corpo fictício um refletor de imagens que mostrava meu íntimo, nada expressaria tanto meus sentimentos quanto um livro dedicado a ela.

Não julgue minhas atitudes, eu somente queria tê-la para sempre comigo no lago de cristal.

Érus
18 de setembro

I

O pouco que me lembro de minha vida na Terra são os olhos de minha mãe. Sei que ela não era minha verdadeira mãe, porém nunca lhe confidenciei que sabia de seu mais íntimo e tortuoso segredo. Creio que Giacomina teria cometido suicídio se soubesse que eu fingia acreditar em suas mentiras. Ela gostava de mim, queria tanto a vida mágica, o mundo longínquo que eu havia criado. Penso que ela me amava justamente por ter lhe dado a oportunidade de realizar seu desejo de uma vida sobrenatural.

Culparam-me, e foi naquele dia que vim parar aqui. Eu era somente uma criança que queria ajudar a mãe a ser feliz. Ela disse que esse era seu maior sonho e eu sabia o jeito de realizá-lo. Como eu poderia não fazê-lo? Como puderam culpar-me? Eu queria ter uma mãe que pudesse enxergar e tocar em todos os momentos, e não somente quando ela concentrava-se profundamente, pois mesmo assim eu precisava fazer um esforço descomunal para aceitá-la em meu mundo.

Mamãe foi a maior culpada. Ela chamou os médicos e mentiu que o único motivo pelo qual eu estava sendo internado era devido às minhas visões sobre Coralina. Bianca fez-me acreditar que Coral mantinha-me prisioneiro, que ela era uma bruxa cujo objetivo era enlouquecer-me. Se ela mesma havia dito aos médicos que essa menina não existia, como podia, agora, pelas costas deles, dizer-me que Coralina era a culpada?

Eu não percebia a doença de Bianca, não enxergava que ela era a verdadeira causa de minha loucura. Acabei deixando-me levar, detestando Coralina e, ainda assim, sonhando com ela, lendo seus pensamentos, vendo a vida pelos seus olhos dia e noite. Eu a odiava tanto! Tanto que quando ela começou a crescer, eu delirava ao imaginá-la banhando-se, despindo-se. Queria morder todo seu corpo em espasmos de raiva que geravam orgasmos de tanto que a odiava.

Quando não estava em meu universo, estava grudado à mente de Coralina. Eu não sabia até que ponto ela me conhecia, ou ao menos se sabia de minha existência. Acabava acreditando nas palavras de mamãe, de que era ela quem controlava e tinha livre acesso à minha mente, e não eu quem podia perturbá-la e fazê-la sofrer.

Não sei como esse processo aconteceu, um dia simplesmente comecei a penetrar a mente de outra pessoa, a obter imagens e sons. As palavras vieram somente com o tempo. Eu ainda era criança, cresci com Coralina. Estivemos juntos desde o dia em que ela nasceu. Não me peça para explicar, não espere por respostas ao final deste relato. Eu não sei as respostas. Se as soubesse, não teria ficado enjaulado durante toda minha juventude. Acredito que a conexão existiu simplesmente porque ela completava o espaço vazio da minha mente, e sei que ela completa também o espaço vazio em minha alma.

II

Nunca vou esquecer o seu primeiro desenho. Era um jardim repleto de flores e passarinhos. Ela desenhara-se de mãos dadas com um menino. Será que era eu? Seus olhos eram muito azuis, assim como os meus. Mas, depois de tudo o que aconteceu, sei que é muito improvável que ela já sentisse alguma conexão comigo. Nem ao menos sei se aquele desenho se parecia realmente com uma menina e um menino e não com um monte de rabiscos ao ver dos outros. Porém, eu estava em sua mente, e enxerguei o que ela queria desenhar e não necessariamente o resultado da sua obra. Criei tantas expectativas, comparava aquele desenho comigo. Eu desejava conversar com ela, contar-lhe nossa magia e não mais usurpar seus pensamentos sem que ela soubesse. Sentia-me um ladrão, o pior tipo de ladrão, pois a vítima nem sabia que alguém a estava roubando.

Eu não tinha ninguém. Nunca consegui ver as pessoas ao meu redor, tocá-las, nem ao menos sentir sua presença. Em poucos momentos de lucidez, eu me transformava em uma criança normal. Coralina me fazia perceber o mundo. Eu enxergava e sentia o perfume de Tarsila. Via seu pai. Senti a dor em seu peito quando ele faleceu. Ela se reerguia quando admirava o brilho do sol, ou as estrelas no céu. Por ela, eu quis ser o céu estrelado, e um dia azul radiante. Por ela, eu me transformei em sol. Somente para me sentir perto de seu coração, de seu maior amor e alegria. Por ela, em meu mundo fictício, podíamos voar!

Quantas vezes assisti a seus sonhos. Ela voava tão tranquila, o vento lhe soprava os cabelos ruivos que contrastavam com a escuridão da noite. Eu criava sinais em seus sonhos para contar-lhe sobre mim, para que ela me conhecesse. Eu enlouquecia, pois ela não conseguia reconhecê-los, não conseguia sentir minha presença eminente em seu ser, em seu pensamento. Eu queria fazê-la acordar para o irreal, para o mundo de onde eu vinha. Todavia, ela conseguia sonhar acordada sem esquecer-se da realidade, algo que me deixava enfurecido. Hoje, sei que tinha inveja desse dom.

Explorar suas ideias e seus sentimentos era um prazer inigualável. Coralina era única. Seu modo de pensar e viver eram incrivelmente belos e atraentes. Como eu poderia odiá-la? Como eu poderia deixar de amá-la por um único instante? Eu precisava dela, pois não passava de um mero fantasma sem corpo quando não podia penetrar sua mente. Eu enxergava a vida pelos seus olhos, e continuava inexistente em seu pensamento.

III

Quando comecei a escrever com sua letra, não pude conter a alegria. Escrevi um livro contando suas ideias. Sua cabeça era recheada de criatividade e seus pensamentos eram sagazes. Poderia colocar qualquer um contra a parede para lhes mostrar o quão bela é a vida. Ela não conseguia enxergar a riqueza que estava ali, dentro dela, todos os dias. Eu podia ver essa riqueza, sentir sua inteligência. Não deixava escapar nenhum detalhe do que já fora pensado por Coralina de Lilá, minha amada escritora de pensamentos. Decidi colocar esse exemplar, escrito por sua mente, obra completa de Coral, na torre e também na biblioteca de meu planeta. Lia-o todas as noites, completando-o com os novos pensamentos que havia explorado aquele dia.

Passava também os dias desenhando Coral. Eu podia vê-la quando se olhava no espelho. Era tão puro vê-la se acariciando, passando batom, tocando os seios quando eles começaram a crescer. Ela descobria-se uma mulher e eu não estava lá em suas crises para dizer-lhe que era a mais bela do mundo. Como eu a amo! Como amo Coralina de Lilá!

Ela cresceu tão rápido! As ideias voaram velozes, o tempo foi passando, as pessoas ao seu redor envelheceram e os sentimentos começaram a vir em ondas contraditórias. Eu não via o que acontecia aqui, o que acontecia comigo! Poucas vezes vi minha imagem, poucas vezes olhei um relógio, ou as pessoas ao meu redor. Minha medida de tempo era o tempo de Coralina.

Foi naquela noite que Giacomina veio dar-me a honra de sua visita, que me olhei no espelho pela primeira vez em anos. A notícia era abaladora demais e o que eu sentia era podre demais. Minha única reação foi olhar-me no espelho e perguntar-me se eu era bom o suficiente para fazê-la me amar.

IV

Não acreditei que Giacomina levaria sua obsessão até esse ponto. Procurava por um parente, encontrou Coralina por acaso. Então decidiu infernizar ainda mais meu coração para que eu me voltasse contra minha amada. A vingança de Bianca Giacomina era muito mais profunda do que apenas me fazer odiar Coral, a vingança de Giacomina era justamente a minha própria presença diante de Coralina. Meu amor a faria adoecer. Quando o descobri, nunca mais dirigi uma única palavra a minha “mãe”.

Eu deveria detestá-la, deveria querer prejudicá-la. Ela me colocou aqui. Esqueci-me de que Coralina nunca demonstrara o mínimo resquício de conhecimento sobre minha existência, e de como isso me frustrara por toda a vida. Eu a culpava por minha dor devido à insanidade de Giacomina. Porém, não conseguia sentir raiva. Eu só queria vê-la, só queria tocá-la, cheirá-la, abraçá-la, beijá-la, engolir seu corpo para nunca deixá-la me abandonar. Queria contar-lhe tudo, dizer que eu não existia sem ela, que eu era uma sombra de meu amor por ela. Eu desejava ter Coralina o mais rápido possível, não iria aguentar ficar longe dela nem mais um instante.

V

Eu tinha que ser cauteloso. Dar um passo de cada vez. Tinha de me concentrar na torre, imaginá-la com força para que Coralina pudesse notá-la. Eu não sabia se fora bem-sucedido, pois sua mente respondeu com um forte bloqueio. Talvez ela já houvesse me descoberto.

Eu estava enganado novamente. Giacomina veio dizer-me que ela se fazia de desentendida, dizendo que a torre não combinava com a casa. Ela ria um sorriso amarelo ao reproduzir a fala da "traidora". Para minha decepção, Coralina ainda não tinha conhecimento dos problemas e loucuras que estavam por vir.

Ela sonhou muito profundamente aquela noite e contou-me tudo naquele sonho. Coral enxergava meus olhos e o céu que eles compunham, e o universo que eu criara para atraí-la, para parecer-me com ela interiormente. Coralina era o céu para mim, alguém além da compreensão humana. Ela era divina.

Eu sentia que seus pensamentos entravam na torre aos poucos. Mas no período em que ela estava em minha antiga casa, eu quase nunca tinha acesso a sua mente. Descobri que era ela quem estava, aos poucos, acessando a minha. Fiquei grato por isso, parte da culpa foi retirada de meus ombros. Era um tempo de transição para que pudéssemos conectar nossas almas.

Imaginava como ela havia se transformado, se estava ansiosa para me conhecer, para saber dos mistérios. Meu coração queimava de curiosidade. Entretanto, eu tinha que congelá-lo mais um pouco antes que pudesse revelar-me aos seus olhos.

VI

Eu sabia que Bianca estava chegando e sabia o porquê daquela visita. Ela queria deixar Coralina a sós para entrar na torre, queria poder experimentar a menina e observar minha reação. Eu não lhe dei chance. Aumentei minha concentração inteiramente na torre e em Coral, entrei em meu coma, em meu mundo. Quando Bianca chegou, nem ao menos senti sua presença. A tristeza a alcançou ao ver seus planos frustrados, ver que seu filho fora roubado por uma traidora. Minha mãe queria sofrer, criava histórias para poder sangrar e mordia suas feridas quando elas começavam a cicatrizar. Ela me criou assim, esse ser repugnante em uma cama de hospício durante a juventude, durante a eternidade.

Na torre, eu esperava silencioso atrás da cortina negra. Não queria que Coralina se assustasse com minha imagem. Eu não era um monstro, apena havia recriado um personagem usando meu corpo real. Os traços eram os mesmos, somente as imagens e os meus olhos eram poderosos e diferentes. Queria fazê-la sentir a magia do nosso amor.

Senti sua presença eminente durante todos os dias que Giacomina ficou no hospício. Coralina tentava entrar na torre, mas não eu não compreendia por que não o fazia. Eu queria poder descer de lá e gritar-lhe que eu não aguentava mais a espera. Precisava de seus olhos, de seu perfume... Porém, o dia esperado durante toda a minha vida chegou. Ouvi seus passos na escada e, subitamente, pude ler todos os seus pensamentos e angústias. Quis tranquilizá-la, seu corpo tremia de medo.

Ela observou os detalhes da torre, admirada. Aquele era seu lugar. Pensamos isso no mesmo instante. Eu o criei para poder encontrá-la, amá-la. Chamei seu nome, estava emocionado demais para conter-me. Ela arrepiou-se e saiu correndo. Seus pensamentos me foram bloqueados novamente quando a porta bateu.

VII

Giacomina voltaria em breve para casa. Ela havia compreendido que Coralina entrara na torre. Quando saí de meu transe, percebi ao redor do quarto a revolta de minha mãe. Alguns dos desenhos que eu fizera de Coral estavam rasgados e havia objetos espalhados pelo chão. Eu não fazia a menor ideia de como ela reagiria com Coralina.

Passei dias sem notícias, temendo pelo que poderia ter acontecido. Então decidi que não podia deixá-la ir embora e nunca mais vê-la novamente. Agora que eu havia conseguido chegar tão perto, não iria perdê-la. Usei toda a minha conexão com ela para poder enxergar seus olhos e sei que ela enxergou também os meus.

Três vezes ela entrou na torre, e três vezes fugiu. Eu não mais podia suportar. Ela me temia e eu a amava cada segundo com mais ardor. Coralina, como eu desejava me mostrar aos seus olhos e explicar-lhe tudo! Em sua última fuga não resisti ao pranto e à raiva. Queria destruir a torre, acabar com o pesadelo de minha vida. Então, não por minha vontade, eu pude rever seus olhos. Ela me puxava, pensava em mim. Ela me mirava com desejo e com magia. Meu coração bateu devagar novamente, minha respiração tornou-se leve e eu pude dormir.

VIII

Senti a porta abrir-se. Dessa vez, eu seria o mais gentil possível. Era minha última chance. Falei-lhe suavemente para que confiasse em mim. Percebi que seu medo tornava-se curiosidade. Seus lábios roçaram a cortina e, doces, falaram comigo. Sentou-se na cama de olhos fechados esperando por mim. Ela acreditava em minha magia, em nossa magia. Era um conto de fadas para ela, e assim eu o faria ser...

Quando nos olhamos, suguei sua imagem. Suguei seu olhar doce. E foi recíproco. Comecei pelos seus cabelos avermelhados e curtos. Sua pele era suave e exalava um perfume sem igual, o mesmo perfume que eu sentia desde pequeno. Seu jeito era meigo, envergonhado, cauteloso. Seus lábios e as maçãs do rosto estavam corados, os olhos eram de um verde que me hipnotizava.

Ela levantou a mão, eu me esquivei. Mais do que tudo eu desejava abraçá-la. Entretanto, não sei o que poderia acontecer. Ela veria que eu era apenas um sonho e não acreditaria em mim. Deixaria de subir à torre com o medo da ilusão.

Seu corpo estava paralisado. Eu a cumprimentei. Como foi grandioso dizer "olá". O que essa palavra significou para mim não consigo descrever. Meu corpo relaxou ao ouvir sua voz, mas nosso encontro foi curto.

A raiva me invadiu subitamente. Por que nunca conseguiria ter um tempo sozinho com Coral? Lá estava Netuno a latir e Tarsila a subir as escadas para acordá-la. Queria que Coralina não tivesse uma vida normal. Queria que ela fosse minha e pudesse ficar em minha torre para sempre. Só assim seríamos felizes.

IX

Ela voltou. Mais perfeita e mais minha do que nunca. Revelei-lhe meus livros, meus objetos, minhas memórias fictícias. Havia segredos e mistérios que eu tinha muito medo de contar-lhe, pois temia perdê-la.

Ela tocou minha mão. E esta desapareceu por um segundo. Eu não era mais real para ela. Queria tanto que ela pudesse acreditar em mim novamente, odiava a dúvida que eu lia em seus olhos.

Descobrimos a fonte de águas coloridas, e assim pudemos tocar um ao outro. Acariciei sua mão levemente, queria dizer-lhe o quão real eu era através daquele carinho. Se ela soubesse a verdade teria ficado surpresa por poder tocar a água, os livros, a cama, sentir as nuvens de algodão. Mas era mais um segredo que eu tinha que guardar. A torre era minha invenção. Assim como ela não podia tocar meu corpo, ela não poderia tocar nada ali dentro. Mais tarde descobri que a torre era a intersecção dos nossos pensamentos, da nossa imaginação. Coralina era tão poderosa quanto eu.

Percebi que ela irritava-se com meus mistérios. Desejava poder responder a suas perguntas, porém ela se afastaria de mim voltando a temer o monstro.

Coralina queria deixar-me. "Tenho uma vida lá, sabia?" Essas palavras me alfinetavam, me cortavam. Ela precisava ir, precisava de seu mundo, não precisava mais de mim. Eu, por outro lado, dependia dela, necessitava de Coralina mais do que eu precisava de ar.

Percebi que eu teria de seguir meu plano de revelar mistérios e segredos sobre meu mundo fictício, mas não sobre a realidade. Quando eu tivesse chance, teria-a para sempre.

Ela bateu a porta fortemente ao sair. Estava com raiva de mim.

X

Coralina voltou. Apaixonada, arrependida. Eu estava ali para ela, pronto a lhe mostrar todos os segredos de meu mundo, e compartilhar minhas dúvidas sobre como ela poderia ter entrado tão profundamente naquela realidade proibida.

Somente Giacomina estivera no universo à beira do lago. Sempre precisava concentrar-me muito e raramente ela conseguia enxergar. Todavia, com Coralina tudo ocorria facilmente. Por um momento até duvidei que ela conseguisse entrar em meu mundo, mas essa ilusão desapareceu.

Mandei-a dormir, fazia dias que estava na torre. A exaustão seria certa, prejudicaria sua saúde. Afinal, seu corpo não pertencia àquele mundo. E eu precisava testar algo novo.

Tivemos nossa noite perfeita. Eu senti seu perfume, seu calor, seu corpo colado ao meu. Nosso ritmo estava em sincronia, nossos corações pulsavam ao mesmo tempo. Eu fui feliz, fui completo. Para sempre lembrarei com ternura o que naquela noite foi puro. Pela primeira e última vez, deixei minha doença guardada na torre e fui o Érus real, humano.

Nunca vou esquecer o sentimento de ser humano, comum, ordinário. Foi perfeito. Queria arrebentar as correntes que me amarravam à cama e ter Coralina em meus braços! Meus braços reais, sem nuvens, sem imagens. Queria vê-la com meus olhos, sem planetas, sem sol. Nunca havia pensado nesse corpo como o meu verdadeiro. Pela primeira e única vez aceitei que meu mundo fictício era uma invenção, e o Érus queria sair desse quarto de hospital e correr pela terra de verdade, sentir o vento de verdade, ver as pessoas reais, beijar os lábios da Coralina de carne e osso. Eu desejava ser normal, deixar minha doença, esquecer a minha insanidade, renascer para a vida.

Esses pensamentos duraram poucos segundos. Eu nunca seria o verdadeiro Érus, nunca seria são. Eu nasci na doença e esta era a minha fonte de energia. Nossa relação era de mutualismo.

XI

Na manhã seguinte, pedi minha Coralina em casamento. "Já nos casamos", respondeu. Como foi bom ouvir essas palavras. Mas ela estava errada, a cerimônia não tinha sido na noite anterior, a cerimônia ocorrera muitos anos antes, quando penetrei pela primeira vez sua mente e nossa conexão foi selada.

Eu escrevia nossa história, um pouco do que agora escrevo aqui. Não devia tê-lo feito, assim, ela nunca teria se lembrado de escrever no diário, não teria voltado para seu mundo, pois muito em breve tudo iria desmoronar. Queria mantê-la minha prisioneira, entretanto não sabia fazê-lo de uma maneira sutil.

Maldita realidade que nunca pode ser apagada, que grita para mostrar-se e chocar-se contra os sonhos. Netuno se foi. Netuno foi o estopim para acordá-la. Eu me enganara. Coralina não é a mesma pessoa que eu sou. Ela é especial, não há outro motivo para tamanha ligação entre nós. Mas ela sabia viver; sabia divisar a fronteira entre os dois mundos. Não mais agora que eu lhe transmiti minha doença, na esperança de ter encontrado um igual. Porém, o seu antigo mundo clamava por Coralina e ela sentia falta dele, sentia falta de seu corpo, de sua alegria livre de vícios. Por que eu não podia ser sensato e deixá-la ir, deixá-la ser livre?

Porque sou esse monstro insano e egoísta. Eu só não quero ficar sozinho novamente. Ela era minha única chance de cura e eu lhe transmiti o vírus.

Giacomina ficou enfurecida com os últimos acontecimentos. Se eu não retornasse por um breve momento à realidade daquele quarto de hospício, ela tomaria medidas drásticas com meu corpo. Sei que ela queria proteger Coralina. Senti a culpa que exalava dela por ter feito Coralina seu rato de laboratório e destruído a única família de Tarsila.

Eu precisava acordar! Sei como a machucaria, justo agora que minha Coral se decidira por mim. Ela doava sua humanidade, sua realidade para estar junto a mim. Ela entregava sua felicidade pura pelo êxtase do vício, trocava a vida pela ficção, pela minha presença.

Não havia outra saída. O único jeito de trazê-la totalmente ao meu mundo sem debilitar seu corpo seria em um encontro real entre nós. Para isso, eu precisava tentar escapar das pretensões de Bianca de trancar meu corpo em um quarto inacessível, em uma camisa de força ou até mesmo aniquilar-me de vez. Sei que ela seria capaz de tudo, tão cega de remorso estava. Queria culpar-me por toda a dor que Bianca causara.

Eu precisava ir. Foi doloroso, mas implorei para Coralina libertar-me. Pude ver a raiva em seus olhos, sentir o cheiro da agonia em seu coração. A torre se foi juntamente com o mais belo de todos os livros, que eu nem ao menos pude terminar de ler. Coralina me amava, sentia nossa ligação, sabia quem eu era... Esse era o dia com o qual eu sempre sonhara, porém não pude aproveitá-lo sequer um segundo. Causei-lhe tanta dor!

Tudo se foi. Acordei. A dor me fazia chorar e gritar. Bianca não quis me alertar com a sua presença, mandara outros fazerem seu trabalho. Optara pela tortura como método para me fazer acordar. Meu corpo sangrava. A imagem de Coralina ainda estava estampada em minha mente.

XII

Eu não podia mais vê-la. Não tinha mais contato com ela. Nossa conexão era tão fraca que algumas vezes eu me perguntava se ela ainda existia. Porém, sentia o pulsar de seu coração. Não havia palavras ou imagens. Não havia como pintar ou expressar qualquer ligação com Coralina. Mas eu sentia seu humor todos os dias alterando o meu. O primeiro sorriso depois de tanto horror me fez tão alegre!

Pedi permissão a Bianca para darmos um passeio pelo jardim. Saí do quarto pela primeira vez em anos, enxerguei pessoas pela primeira vez em anos, enxerguei flores, céu, senti o vento pela primeira vez em anos... Talvez pela primeira vez na vida.

Queria me tornar normal. Queria me curar para poder ver Coralina todos os dias e lhe pedir desculpas por tê-la feito sofrer tanto. Mas eu sei que ela iria se curar e então eu não a machucaria mais. Eu só queria aprender o caminho da salvação e ela era a minha cura, o meu amor, o meu mundo real.

Quanto melhor ela ficava, mais humano eu me tornava. Se ela podia voltar a ser saudável mesmo com cicatrizes eu também poderia sair daquele quarto de hospício.

– Já chega! Você está forçando uma nova conexão.

Bianca estava ao lado de minha cama assim que acordei. Já fazia um mês que eu vivia todos os dias no planeta Terra, sem entrar uma única vez em meu mundo. Sentia-me poderoso, sentia-me real.

– Não mesmo, estou curado! Aos poucos, serei uma pessoa normal novamente.

– Quando ela está feliz, você fica feliz. Acha que eu não percebo que você descobriu um resto de ligação entre vocês. Você quer se curar por ela, não é? Isso faz de você ainda mais insano.

Hoje consigo perceber que isso não era inteiramente verdade. Coralina era como um incentivo, mas não a única causa. Eu me sentia bem como humano, sentia-me completo; descobria que eu era capaz de ser feliz com a simplicidade, e isso me fazia sentir uma criatura especial. Todavia, eu era doente, ainda estava no quarto, ainda ouvia os conselhos da mulher que me injetara a enfermidade quando eu era ainda uma criança. Eu era sensível a suas opiniões e me deixei levar.

– Ela sempre foi normal. Era uma menina inteligente, criativa, porém normal. Você já nasceu nesse seu mundinho da lua. Nunca conseguiu realmente enxergar sua tia e muito menos outras crianças. Então chega! Não há cura para você. Suas veias estão cheias do veneno, as de Coralina foram expostas por muito menos tempo, ainda podem ter sangue correndo dentro delas. Deixe a menina drenar a podridão e tentar ter uma vida normal novamente. Você provará ser mais monstruoso ainda se não deixá-la retornar a sua humanidade. Afinal, você já a deturpou tanto, já lhe sugou o sangue. Não há nada no mundo que irá trazê-la totalmente de volta. Um pedaço de Coralina ficará sempre preso entre esse mundo e o lago de cristal.

Ao dizer essas palavras, os lábios de Bianca tremeram, as lágrimas brotaram e ela retirou-se rapidamente do quarto. Um pedaço dela sempre estará preso entre a Terra e o meu mundo, há tanto tempo visitado por ela.

Ela me fez crer que eu era mau, pútrido. Eu não estou perto da cura, e sim de destruir mais ainda minha amada Coral. Já que eu nunca deixaria de amá-la, de precisar dela para criar meu mundo e minhas ideias, e já que sou esse monstro de egoísmo, tomei minha decisão. Eu facilitaria tudo para Coral. Ela sempre estaria presa entre os dois mundos. Eu a faria escolher por viver ao meu lado para sempre. Ela mesma me dissera antes de eu acordar.

– Eu escolhi por ser imortal, viver em seu mundo para sempre, ao seu lado!

Eu somente estaria realizando seu pedido atrasado. Novamente, o poder de Giacomina sobre mim e sua descrença em minha vontade de ser feliz me fizeram a mais doente criatura.

XIII

Eu sempre via uma freira aproximar-se da porta de meu quarto. Passava correndo. Eu jurava ser uma espiã de Giacomina. Uma pobre menina, parecia nova, cansada e triste. Escolher a vida de freira...

Mas eu sentia a presença de Coral. Sentia os batimentos mais acelerados, os sentimentos aflorados quando a freira passava perto de meu quarto. Passaram-se meses nos quais ela ia muito raramente à porta. O tempo fluía e eu não desvendava o mistério.

Acordei no meio da noite. Na janela de observação da porta de meu quarto de hospício vi os olhos verdes e profundos de Coralina fitando os meus. Meu coração pulou, fui acometida de um turbilhão de sentimentos antagônicos, provavelmente os mesmos que minha Coralina vestida de freira também sentia.

Um minuto inteiro passou e nossos olhos travavam a melhor e mais forte conexão que já existiu entre nós. Pela primeira vez, fitei seus verdadeiros olhos, a poucos metros de distância. Pela primeira vez, ela fitou os meus. Creio que ela tenha ficado surpresa por até mesmo o verdadeiro Érus ter olhos azuis-marinhos. Sem planetas, mas ainda assim dois universos. E Coralina de Lilá mergulhava neles naquele instante.

Ela saiu correndo. Eu não conseguia compreender. Teria ela fingido pregar a palavra de Deus somente para me conhecer, para me entregar seu amor? Entretanto, ela não conhecia meu verdadeiro estado, a debilidade de meu corpo. Bianca jamais a contaria sobre esses horrores. Como pôde ela deixar Coralina tornar-se freira e trabalhar ali, tão próxima de mim? Giacomina estava tramando uma armadilha, não importavam quantas pessoas fossem usadas para seus fins.

Passaram-se meses sem que eu a visse novamente. Meu coração pulava, eu precisava de um novo encontro, de respostas. Tinha sede de conhecer seu cheiro, a textura de sua pele, o calor de seu corpo, o som de sua voz.

Meu quarto tornava-se menor. Eu passava os dias em busca de uma conexão. Tranquei-me lá, janelas fechadas, escuridão, horas e horas de pura concentração em encontrar a mente de Coral. Mesmo ela estando tão perto de mim, eu não podia mais sentir seus sentimentos, eu não tinha notícia alguma de Coralina.

Eu enxergava seus olhos, sempre a lembrança nítida da pureza, da curiosidade, do amor, da agonia e da tristeza. Queria beijá-la e desculpar-me por tudo o que fiz e pelo que iria fazer. Mas seria sempre pensando em seu bem, em nosso bem. Sempre juntos. É assim que deveríamos estar.

Final

Era madrugada. Eu parecia estar vivendo um sonho enlouquecedor em busca de minha amada. Ouvi a porta abrir-se de leve. Acordei de sobressalto, temia uma ação violenta de Giacomina.

Mas era ela, Coralina. A mais nova irmã. A freira mais bela que o mundo já viu. Desperdício. E estava em meu quarto, ao pé da cama, aproximava-se devagar. Seus olhos colados nos meus, suas bochechas coradas, a respiração ofegante. Ela hesitava.

– Há tanto que eu desejo dizer-lhe. Você despedaçou minha vida, destruiu minha sanidade, viciou-me, e eu nunca mais serei a mesma, pois só sou completa com a droga. Eu queria lhe dar uma bofetada na cara, fazer você sofrer tudo o que eu sofri. Tornei-me uma freira. Ironia do destino, não acha?! Tudo o que eu mais desprezava é agora o único remédio para minha salvação. Deus não me abandonou Érus, e agora entendo a sua importância. Só a crença no irreal pode manter-me de pé depois de tudo o que aconteceu. Bianca me mostrou esse caminho. Mais do que nunca, não acredito em nada. Não acredito em mim mesma. Porém há algo que nunca pôde ser explicado entre nós. Nesse algo eu acredito, porque nesse instante, e em todo o tempo que estive aqui, senti o seu coração batendo dentro do meu, seus sentimentos dentro dos meus. Eu não sei se o que eu sentia vinha da sua alma ou da minha própria. Então compreendo como você sofreu, entendo o que se passa dentro de sua mente. Eu não quero estapeá-lo, meu Érus... Não precisaram palavras, pois nossos corações batiam no mesmo ritmo, intensidade e pressão. Nossos sentimentos igualaram-se. Nossa temperatura era a mesma, talvez nosso sangue fosse o mesmo, tamanho era o equilíbrio entre nossos corpos.

Eu a beijei, delicado, com sede, com fúria. Puxei seu corpo com paixão. Despi minha Coralina. Seu cheiro, sua pele, seus movimentos suaves eram muito melhores ao vivo, na realidade, do que em meus sonhos. E senti que ela pensava o mesmo. Ela amava o verdadeiro Érus, o de cabelos negros e olhos de universo, sem planetas. Para ela, o sol estava dentro de mim e ela podia ver as imagens refletidas pelos meus gestos.

Amamo-nos a noite inteira. Milhares de vezes, pela eternidade. Perfeita e doce eternidade. Ela acreditava em mim, na nossa melhora juntos. Senti a esperança brotar-lhe no peito, e ela sentiu aflorar minha esperança de me recuperar.

Foi tudo tão de repente. Ouvi as palavras de Giacomina em minha memória. Eu a fiz doente, eu nunca serei normal, nunca fui normal. Só haveria uma maneira de não mais machucar Coral e podermos ficar juntos para sempre. Suas cicatrizes eram tão profundas que somente a imortalidade poderia curá-las.

Não pensei um segundo mais. No êxtase do nosso ato de amor, beijei-a sôfrego e agarrei-a pelo pescoço, suave. Cada vez mais forte, cada vez mais forte. Ela apagou. Expirava. Eu dizia:

– Amo você, minha Coralina!

Sei que minhas intenções não eram ocultas de Coralina. Ela sabia o que a esperava. Mas deixou-se levar, preferindo o último instante de prazer e uma vida eterna no paraíso ao meu lado, a erguer-se sem o clímax e voltar a uma vida de feridas pútridas que sangram diariamente.

Bianca adentrou o quarto. Coral estava viva, os médicos a tiraram de mim. Trancaram-me em uma sala branca, acorrentaram-me. Ficarei preso aqui até que minha sentença venha. Ou vem a morte ou fico a eternidade trancado neste abismo. E nem ao menos terei Coralina para fazer-me companhia nesse mundo pálido porque alguns dias depois pude sentir seu coração bater. Alguns meses depois pude sentir o nojo, o rancor, a lástima que havia em seu peito. O medo aterrorizante do monstro que um dia fora seu amado Érus.

E os anos deslizavam a minha frente. Eu sentia sempre a presença da freira que envelhecia em sua castidade velada pelo horror de ter como seu único amor uma criatura horrenda. Todos os dias ela passava em frente a minha cela, mesmo que aquilo lhe causasse imensa dor e repulsa, para punir-me. Ela sabia que eu sangrava por ter lhe causado tudo aquilo e por ainda amar-lhe tanto. Tanto que eu tentaria matá-la novamente se tivesse a oportunidade.

Mas não tive. Porque o para sempre chegou, e receio que seja assim que essa história acabe. Talvez hoje seja o dia de minha morte, não sei. Nunca sei o que acontece lá fora. Estou preso nessa cela há milênios somente com esse papel e caneta.

Não há mais o que relembrar. Tudo o que eu vivi aqui foram ilusões e recordações de minhas memórias fictícias. E vou embora sem descobrir a realidade de quem eu sou e o que foi minha vida.

Última Carta

Pois bem, meu caro livro, perdoe-me. Esse é o fim. Sem glória, sem magia. Um fim comum, humano. Somente assim sinto-me um pouco curado, sabendo que, como todos os outros seres, eu também sou levado pela morte. De maneira lenta, calma, ela me consome no tique-taque do relógio e no bater do coração de irmã Coralina à porta de minha cela.

Bateram onze horas. Hora de apagar a luz, deixar você em um local acessível para que ela possa encontrá-lo. É hora de dormir.

Obrigado por me acompanhar nessa busca a mim mesmo. Agora eu digo adeus, para não mais voltar do lago de cristal. Escrevo esta última frase ao som fraco da respiração de minha amada Coralina de Lilá.

12 de fevereiro
Érus